René Barjavel

Le voyageur imprudent

Denoël

En 1943 parut un roman d'un inconnu qui obtint en quelques semaines un succès foudroyant : c'était *Ravage* de René Barjavel. Le jeune auteur y racontait avec une rare puissance et un humour à froid la chute de la civilisation du XXIᵉ siècle arrivée au point culminant de sa perfection mécanique, et les efforts désespérés de l'humanité pour tenter de survivre à un simple changement survenu dans les manifestations d'un fluide naturel. C'était une sorte d'épopée de Science-Fiction, avant la lettre. L'année suivante, le public accueillit avec la même faveur le deuxième « roman extraordinaire » de Barjavel : *Le Voyageur imprudent*. Le jeune romancier y reprenait le thème déjà utilisé par Wells dans *The Time Machine* : le voyage dans le temps. Mais alors que Wells avait à peine effleuré dans une longue nouvelle les possibilités d'un pareil postulat, Barjavel le tournait et le retournait sous le feu de son imagination et de sa logique, en illuminait toutes les faces, et en tirait un feu d'artifice de poésie, d'horreur et d'humour.

Depuis que le genre de la Science-Fiction a pris le développement que l'on sait, le thème du voyage dans le temps a tenté de nombreux romanciers et conteurs. Mais il n'est guère de leurs inventions que l'on ne puisse déjà trouver dans le roman de Barjavel : exploration du passé et du futur, découverte au millième siècle d'une civilisation extravagante, tentative de modification de l'histoire, application aux arts ménagers et à la guerre du temps conservé, rencontre du héros avec lui-même, résurrection des morts, découverte de la fatalité et bien d'autres

variations sur le thème initial font du *Voyageur imprudent* un ouvrage classique que tous les amateurs de Science-Fiction doivent avoir lu et conserver dans leur bibliothèque. Car ce roman est en outre, et cela se découvre à chaque page, l'œuvre d'un grand écrivain. Pour la dernière édition de son ouvrage, Barjavel, sans modifier son œuvre, lui a donné, par quelques pages ajoutées après le mot FIN, un brusque élan nouveau, pareil à celui de la pointe d'une fusée qui s'arrache à son dernier nuage pour trouver enfin sa vitesse de libération.

Ces quelques pages placent le *Voyageur* sur une orbite singulièrement élevée, dont les deux pôles sont la métaphysique... et l'humour noir. Qui aura lu les dernières lignes du *Voyageur imprudent* aura de la peine à les oublier.

René Barjavel est né le 24 janvier 1911, à Nyons (Drôme), à la limite de la Provence et du Dauphiné. Études au collège de Cesset, près de Vichy. Fut successivement pion, démarcheur, employé de banque, enfin, à dix-huit ans, journaliste dans un quotidien de Moulins. Rencontre un grand éditeur qui l'emmène à Paris comme chef de fabrication. Collabore à divers journaux comme Le Merle blanc *et commence son premier roman. La guerre survient. Il la fait comme caporal-cuistot dans un régiment de zouaves. Fonde à Montpellier un journal de jeunes. Publie* Ravage *(1943) et la série de ses romans extraordinaires, dont* Le Voyageur imprudent, *qui préparent en France la vogue de la science-fiction.*

A partagé, depuis, son temps entre le roman, le journalisme et le cinéma comme adaptateur et dialoguiste.

A Robert Denoël

PREMIÈRE PARTIE

L'apprentissage

Il faisait un froid de guerre. Au petit matin, le sergent Mosté découvrit un soldat, demi-nu, tordu en travers des feuillées. Le gel qui montait de la neige l'avait empoigné à mort. Ses cuisses sonnaient au doigt comme des planches. Quatre hommes l'emportèrent. Celui qui le prit par la tête lui cassa les oreilles.

Les chasseurs pyrénéens du 27e bataillon occupaient depuis deux mois le village de Vanesse, au bord de la plaine de betteraves. Ils devaient le quitter ce jour-là, pour une destination inconnue. Le caporal d'échelon Pierre Saint-Menoux, enfoui dans la paille de l'écurie, dormit peu, tourmenté par le souci de son septième déménagement. Il était responsable des dix-sept conducteurs de la compagnie de mitrailleuses, de leurs chevaux et de leurs voitures. Dans le civil, il enseignait les mathématiques au lycée Philippe-Auguste.

Sa grande inquiétude provenait des cuisines. Les cuistots sont toujours en retard. Il secoua la paille, s'en fut vers la roulante. Il grelottait. Il essayait de rapetisser son grand corps maigre, pour offrir moins de prise au froid. Les mains enfoncées dans les poches de sa capote, le dos rond, le béret enfoncé jusqu'aux joues, il traversa la cour de la ferme en courant, les jambes raides, comme un héron.

— Alors, vous y pensez un peu, à vous préparer? Je voudrais encore pas me faire engueuler pour vous, moi!

Le chiffonnier Crédent, caporal d'ordinaire, lui frappa sur l'épaule :

— T'en fais pas, vieux! Ça viendra! La Paix aussi viendra un jour. La queue du chien est bien venue!

Il riait, montrait des dents vertes.

— Tu veux pas casser la croûte?

Il piqua dans le foyer de la roulante un bifteck qu'il avait fait cuire à même la flamme, mordit dans la viande noircie.

De son quart fumant posé sur une bûche montait l'odeur du café et du vin mélangés.

Saint-Menoux eut un haut-le-cœur.

— Je me demande comment tu peux boire cette saleté. Ça sent le vomi d'ivrogne.

Quelques corbeaux passèrent au ras du plafond des nuages, se posèrent en grappes noires sur l'orme dressé au milieu de la plaine. C'était le seul arbre du pays laissé debout par l'autre guerre. Une poussière de neige commença de tomber, serra l'horizon autour de la ferme, étouffa la rumeur qui montait du village, les cris des hommes énervés qui injuriaient leurs bêtes, et ceux des sous-officiers qui menaçaient les hommes.

Sous les hangars, les cuisiniers chargeaient l'unique voiture dont ils disposaient, une carriole à deux roues, grinçante et ballante.

— Sûrement, elle a déjà fait 14, et peut-être bien 70! ricanait Crédent.

Il aida ses hommes à y entasser les sacs de café, de sucre, de riz, de pommes de terre, de pois cassés, de haricots, de lentilles, les bidons de graisse, la barrique de vin gelé, le fût de rhum, les deux moitiés

8

de bœuf, les caisses de conserves et de biscuits, les cent vingt boules de pain, les deux bottes de foin, les fagots de bois, sans oublier la tinette à moutarde, la provision de sel, les oignons, le quintal de carottes, le lait condensé, le chocolat, le poste bricolé avec ses piles et ses accus, et tout le fourniment ramassé d'un cantonnement à l'autre par lui-même et ses cuistots.

Saint-Menoux tournait autour de la voiture.

Il ouvrit vingt fois la bouche pour commencer un mot, et se tut, conscient de son incompétence. En fin d'après-midi, le chargement se trouva terminé. La petite carriole avait absorbé un chargement qui n'aurait pas tenu dans un wagon. Au moment de tendre la bâche, le sergent-comptable arriva, grelottant, catarrheux, un mégot sur l'oreille. La camionnette du bureau refusait de partir. Le gel avait écartelé son radiateur. Il faudrait transborder son contenu sur la voiture des cuisines : douze caisses d'archives, de formules d'états, de livrets matricules, d'encriers et de ronds de cuir, les malles du capitaine et les cantines des lieutenants, le lit pliant et les valises du sergent-comptable.

Saint-Menoux leva les bras de désespoir, mordit le bout de ses doigts maigres à travers les gants fourrés. Les flocons de neige tombaient plus gros. Le toit de la ferme se perdait dans le ciel gris. Les cuisiniers jurèrent, Crédent insulta le comptable qui se faufila à travers la neige et disparut. Une corvée apporta les caisses. Miraculeusement, elles furent accrochées, plantées, ficelées sur les victuailles. Une bâche couvrit l'énorme bosse.

— Il me reste plus qu'à atteler, dit Polinet, le conducteur.

La neige adoucissait le crépuscule, prêtait une matière à l'air immobile. Deux hommes à chaque roue, deux derrière, aidèrent Papillon à démarrer.

C'était un vieux cheval brèche-dent et un peu borgne, à la robe couleur de terre. Depuis qu'il faisait si froid, Polinet ne le sortait jamais sans protéger son œil malade par un bandeau taillé dans sa ceinture de laine bleue. Une grande amitié unissait ce paysan à la bête asthmatique. La guerre les avait arrachés aux mêmes labours, plongés dans les mêmes incompréhensibles misères. Ils se sentaient frères malheureux. L'homme partait devant à grands pas. Le cheval soufflait, toussait, tirait. Pour suivre son maître, il eût tiré une montagne.

L'équipage s'en fut rejoindre, à la sortie du village, le convoi formé par toutes les voitures du bataillon. Elles devaient gagner ensemble la gare de Tremplin-le-Haut, à quatorze kilomètres, pour s'y embarquer. Certaines attendaient depuis une heure. La neige les arrondissait.

— La roulante, bon Dieu! la roulante! cria Saint-Menoux. Qu'est-ce qu'il attend, Pilastre? Il sera encore le dernier...

— Le voilà, dit Crédent, placide.

Pilastre arrivait avec ses deux chevaux. Il les tenait à bout de longe. Il se méfiait d'eux. Il était tourneur sur métaux. Son patron lui avait promis de le faire revenir à l'usine. Il ne connaissait rien aux bêtes. Il ne les aimait pas. Il n'aurait pas dû être là. Il enrageait. Ses bêtes ne voulaient pas le connaître. L'une feu, l'autre noire, elles se détestaient autant qu'elles le craignaient. Les atteler n'était pas une petite affaire. Pilastre les frappait du poing dans les naseaux. Les chevaux reculaient, se cabraient, cherchaient à se mordre.

La roulante était une sorte de cuirassé, un monument de fer et d'acier, hérissé de trois mille têtes de rivets, porté par quatre roues ferrées, aux rayons gros comme des cuisses. Au milieu de la cour,

Pilastre et ses deux chevaux dansèrent leur ballet de colère. Derrière eux, les quatre cuisiniers, casque en tête, et le mousqueton en bandoulière sur leur capote noire de graisse, activaient le feu, jetaient bûche après bûche dans le foyer grondant, sous les deux marmites énormes où cuisait la soupe et chauffait le café d'embarquement.

Pilastre se hissa sur le siège, s'empaqueta dans trois couvertures, saisit une trique et se mit à frapper. Les croupes bondirent, la neige vola, les chaînes cliquetèrent, le timon gémit. La roulante ne bougea pas. Chaque bête tirait de son côté, annulait l'effort de l'autre par son propre effort.

Crédent ôta sa pipe de sa bouche, cracha.

— Quel sauvage! dit-il. Des bêtes pareilles...

Le conducteur se dressa et redoubla les coups. La haine lui creusait les joues et les yeux. Par hasard, les huit sabots se plantèrent ensemble dans la neige. La roulante partit brusquement. Pilastre tomba sur son siège. Les deux chevaux puissants traversèrent la cour au galop. Dans un bruit de train express, la roulante sauta par-dessus le tas de fumier gelé, arracha la grille d'entrée, vira au ras du fossé, pulvérisa la borne zéro kilomètre. Le feu du foyer, éparpillé dans la neige, sifflait. Les tempêtes de soupe et de café firent sauter les couvercles, mélangèrent leurs vagues. Louches en main, tisonniers brandis, les cuisiniers couraient, criaient, derrière la catastrophe. Crédent courait derrière eux, les injuriait et rigolait. Saint-Menoux courait derrière Crédent. Il s'enfonça dans la nuit sur un chemin de charbons fumants. Sur son dos se referma le rideau de la neige.

C'est ainsi qu'il commença ce voyage qui devait le mener si loin.

A la gare de Tremplin-le-Haut, les chasseurs pyrénéens s'embarquèrent sans soupe ni café.

On attendait vers dix heures le convoi des voitures et des roulantes. Il n'était pas arrivé quand, à minuit, le premier train partit.

Les roues ferrées des véhicules écrasaient la neige, atteignaient la couche de glace et glissaient doucement au fossé. Pour un fourgon en détresse, la caravane entière s'arrêtait. Le sergent, chef du convoi, accourait, brandissait son fanal à bougie, autour duquel dansaient les papillons blancs. Vingt hommes s'accrochaient aux roues. La file des voitures repartait. Cent mètres plus loin, un autre véhicule naufrageait.

Après neuf heures de marche, d'arrêts, de piétinements, le convoi pénétra dans Tremplin-le-Haut. La ville dormait, ses volets repliés sur la chaleur des maisons. Les équipages foulèrent sans bruit les pavés feutrés de neige. La gare se trouvait à l'autre extrémité du bourg, en haut d'une côte droite. La première voiture qui l'aborda monta cinq mètres et redescendit.

Le chef du convoi fit dételer quatre couples de chevaux. Les huit bêtes tirèrent le premier fourgon jusqu'à la gare, redescendirent chercher le suivant. A ce rythme-là, l'aube arriverait avant le dernier véhicule.

Les hommes, harassés, s'assirent sur les marche-pieds, s'appuyèrent aux brancards, s'endormirent, accroupis ou debout. Les chevaux laissèrent pendre leurs têtes. La neige obstinée commença d'ensevelir la caravane.

Saint-Menoux, accablé de fatigue et de solitude, continua son chemin dans la nuit grise, remonta la colonne, dépassa les chevaux pétrifiés, les fantômes des voitures, auxquels s'accrochaient des silhouettes d'hommes, brumeuses.

La respiration avait soudé à glace son passe-montagne à son béret, enfoncé comme un bonnet de nuit. Derrière ce heaume, le froid lui fendait les lèvres. Les clous de ses brodequins lui gelaient les pieds. Le froid montait le long de ses mollets, glissait des lames aiguës sous ses omoplates, mordait ses flancs, broyait dans ses poches ses doigts gantés.

Le dos courbé sous le poids de la nuit, Saint-Menoux marchait, dépassait la première voiture, entamait la montée, s'enfonçait dans les mailles innombrables de la neige. Jusqu'au fond de l'horizon imaginable, jusqu'au bout du monde, il entendait la chute immense et molle des flocons.

Son pied heurta un obstacle. Il faillit tomber, reconnut un escalier dont les trois marches montaient vers une porte. Il soupira. Le trou noir de l'embrasure lui parut un lieu d'abri souhaitable, un refuge où rien ne le viendrait troubler. Il monta les trois marches, s'assit sur la plus haute, se tassa autour de la chaleur de son ventre, ne bougea plus.

Il vit venir du bas de la côte une auto éblouissante. Ses phares blanchissaient la nuit. Des milliards de flocons dansaient dans le cône de lumière. Le sol était comme un drap étendu. L'auto ralentissait en approchant du sommet. Elle s'arrêta tout à fait. Elle ne pouvait avancer davantage. Le moteur gron-

dait. Une portière claqua. Un officier couvert de galons entra dans la lumière. La neige devint couleur d'or. L'officier ouvrait la bouche, criait des ordres à son chauffeur. La neige mangeait ses paroles. Saint-Menoux n'entendait rien. Il n'avait pas envie d'entendre. Il était bien. Il ne sentait plus ses pieds ni son dos. L'auto, doucement, commença à reculer, de glisser le long de la pente. L'officier agitait ses bras d'or, dansait, courait vers la lumière qui fuyait de plus en plus vite. Il devint minuscule, disparut tout à fait au bout du froid.

Saint-Menoux s'enfonçait dans le repos. Sa chair avait cessé de souffrir. Il devenait léger, insensible, pareil à un coussin de plumes au milieu d'un doux univers bourré de coton. Il perdit tout à coup l'équilibre. La porte, derrière lui, s'était ouverte. La chaleur jaillit à plein couloir, l'enveloppa, et se perdit dans la rue. Un rectangle de soleil se dessina dans la neige. Saint-Menoux fit un gros effort, se leva, se retourna. Une fille brune, très jeune, belle comme une apparition, se tenait devant lui. Elle levait à bout de bras une lampe. La lumière coulait le long de ses cheveux jusqu'à ses épaules, brillait dans ses grands yeux noirs. Elle lui fit signe d'entrer. Il entra, et ferma la porte sur la nuit.

Depuis des semaines et des semaines, il vivait dehors le jour, la nuit à l'écurie. Il avait oublié comment se comportent les hommes dans les maisons. Ses pieds laissaient des flaques sur les carreaux de l'entrée. Les clous de ses chaussures criaient. Il se sentait lourd comme un ours. La jeune fille le regardait; son visage était construit de lignes simples, baignées de paix. Devant son embarras, elle sourit avec gentillesse, sans ouvrir les lèvres.

Il la suivit dans une pièce dont les murs, le parquet, les meubles, luisaient doucement, à la lueur d'une lampe voilée de dentelles roses. Une table ronde, ancienne, en merisier blond, touchait à peine le sol du bout de ses pieds effilés. Assis dans un fauteuil roulant, entre la table et le poêle de faïence, un homme vêtu de gris regardait Saint-Menoux entrer.

— Bonjour, monsieur! fit celui-ci, à travers son passe-montagne.

L'homme le regardait en hochant la tête. Il était énorme. Son ventre écartait les bras du fauteuil, poussait vers la gauche et la droite ses cuisses ouvertes. Une barbe d'or en éventail montait à l'assaut de son crâne chauve, cachait ses joues, sa bouche, tout le bas de son visage, s'étalait sur sa poitrine en larges ondes qui brillaient à la lumière

de la lampe, comme le bois hâlé de la table, les décors du poêle émaillé, et sa calvitie rose et propre. Une courte mèche blanche dessinait un croissant autour du menton, se fondait dans l'or de la toison. Des jambes du pantalon gris, déformé par les cuisses et les genoux adipeux, sortaient des chevilles rondes comme des arbres. A l'extrémité de ces chevilles, il n'y avait point de pieds. Les deux moignons, enveloppés de gaines de laine verte tricotée, reposaient sur un coussin de cuir. L'homme enfonça une main dans sa barbe, en tira une paire de lunettes, la posa sur le cap de son nez qui émergeait à peine du flot pileux, se renversa tout à fait à son aise dans son fauteuil.

Saint-Menoux toussa. Sa capote s'égouttait en rond autour de lui, et fumait.

Une vague ouvrit en deux la barbe blonde, découvrit de belles dents blanches. L'homme souriait. Ses yeux grossis par les verres exprimaient une vive intelligence, et une bienveillance un peu ironique.

— Je vous attendais, monsieur Saint-Menoux, dit-il. Je savais depuis trois mois que vous alliez venir, cette nuit, vous asseoir sur le seuil de ma maison. Et je m'en suis fort réjoui. Je sais encore d'autres choses. Par exemple que votre convoi ne commencera d'embarquer qu'à cinq heures trente-huit. Vous avez le temps de vous déshabiller, de vous restaurer, et de m'écouter. Quand vous m'aurez entendu, il ne vous manquera jamais plus de temps pour rien...

Le caporal d'échelon, agrégé de mathématiques, retint seulement de ces paroles étonnantes l'affirmation qu'il avait le temps de se déshabiller et de s'asseoir. Il n'en demanda pas plus.

Il se déharnacha, défit boucles, bretelles, boutons, mousquetons, quitta fusil, bidon, musette, masque,

pelle, baïonnette, ceinturon, capote, gants, casque passe-montagne, béret. Il perdit les deux tiers de son volume. Il apparut si mince que sa haute taille s'en trouvait encore étirée. Sa vareuse eût enveloppé quatre torses comme le sien, mais les manches ne parvenaient pas à ses poignets.

Il se tenait un peu voûté, peut-être par la crainte habituelle de heurter le cadre d'une porte, ou un plafond. Ses yeux bleus étaient très pâles, son visage blanc, son nez et ses lèvres minces. Il passa dans ses cheveux, d'un blond très clair, que le béret avait plaqués par mèches, une main longue aux doigts maigres.

La jeune fille installa les pièces de son équipement sur le dos d'un fauteuil, près du poêle. Chaussée de mules de satin rose, elle se déplaçait sans bruit. Elle prenait les objets avec des gestes efficaces, sans lenteur ni hâte nerveuse. Saint-Menoux, privé depuis son enfance des soins d'une femme, la suivait des yeux, admirait sa grâce silencieuse, et sentait fondre son embarras. Elle lui présenta une chaise, posa devant lui un bol de café. Il s'assit et but. Elle s'assit à son tour, juste assez loin de lui pour pouvoir le regarder sans le gêner. Elle était vêtue d'une robe blanche. Elle devait avoir quinze ans.

« Sans doute n'a-t-elle pas fini de grandir », se disait Saint-Menoux. Elle le regardait dans les yeux avec tranquillité. C'était une enfant qui n'avait pas appris à avoir honte.

L'infirme prit sur la table une brosse de soies blanches à manche d'écaille et, d'un geste habituel, brossa sa barbe d'or.

— Hum! fit-il, peut-être nous sommes-nous assez regardés! Maintenant que vous nous avez vus, permettez-moi de nous présenter. Annette est ma fille. Je me nomme Noël Essaillon...

— Noël Essaillon! s'exclama Saint-Menoux, stupéfait. Mais voyons..., c'est bien vous..., c'est vous qui m'avez répondu en février 1939 dans la *Revue des Mathématiques?*

L'homme faisait « oui! oui! » de la tête et souriait, visiblement heureux de la surprise du caporal.

— Quelle passionnante réponse, reprit celui-ci, chez qui l'étonnement cédait la place à la joie. Ah! vous êtes l'homme que je désirais le plus rencontrer!

Il se leva. Il avait oublié ses souffrances, sa timidité, la guerre et l'étrangeté de sa présence en ce lieu. Il n'était plus que l'homme abstrait, le mathématicien passionné dont les théories, un an plus tôt, scandalisaient le monde savant. Nul ne l'avait compris, sauf ce Noël Essaillon dont les remarques avaient ouvert de nouvelles voies aux spéculations de son esprit.

Il lui serra les mains avec émotion. L'infirme semblait aussi heureux que lui.

— La guerre a interrompu vos travaux, reprit le gros homme. J'ai pu continuer les miens, et suis parvenu à des résultats sensationnels. Mais vous devez avoir faim, mon pauvre ami, depuis le temps que vous traînez sur la route! Annette, à quoi penses-tu?

La jeune fille s'absenta quelques minutes, revint avec une omelette fumante, apporta un demi-poulet froid, des fromages, une tarte et une bouteille de vin d'Alsace.

— Mangez! mangez! dit Essaillon, cordial, et écoutez-moi. Ce que j'ai à vous dire est si peu ordinaire.

Saint-Menoux ne se fit pas prier.

— Vous êtes mathématicien. Je suis physicien et chimiste. Je poursuivais de mon côté des recherches qui n'eussent abouti à rien, si vos articles de la

Revue des Mathématiques n'étaient venus m'éclairer. Grâce à vous, j'ai pu vaincre certains obstacles qui me paraissaient infranchissables. Et je suis arrivé à ceci : j'ai fabriqué une substance qui me permet de disposer du temps à ma guise!

Saint-Menoux posa sa fourchette, mais l'obèse ne lui laissa pas le loisir de l'interrompre. Très animé, il poursuivait son discours. Il empoignait parfois sa barbe comme une gerbe, la séparait en deux, et la froissait entre ses doigts. Ou bien il s'arrêtait pour reprendre souffle, et sa respiration courte composait alors avec celle du feu, lente et douce, les seuls bruits de la pièce. Sa fille s'était assise un peu en arrière de lui dans la pénombre. Elle se tenait droite sur sa chaise, ses deux mains posées à plat sur ses genoux, grave comme une enfant qui écoute une histoire. Elle regardait les deux hommes tour à tour, mais surtout le nouveau personnage qui venait de s'introduire dans le conte, le grand soldat maigre aux cheveux de chanvre. Elle se levait de temps en temps sans bruit, pour essuyer le front de son père, ou changer l'assiette du visiteur. Et rien de cela n'était pour elle corvée ou habitude. S'éveiller à un jour nouveau, aller à la ville, revenir chargée de pain blond et de légumes, manger, marcher, voir passer la voisine, écouter le cri du marchand de fagots, travailler au laboratoire, c'était sa vie, l'histoire que la vie construisait pour elle, jamais grise ni banale, dans ce décor de lumière chaude, ou dans le soleil ou la neige, avec des toits pointus, avec des arbres nus ou des bouquets de verdure bruyants d'oiseaux.

Saint-Menoux, pris tout entier par l'exposé de son hôte, ne prêtait pas attention au regard posé sur lui, mais il sentait la présence de la jeune fille dans la pièce, comme celle d'un objet précieux,

d'une statue rehaussée de vieil or qui luit doucement dans une niche d'ombre, ou d'une tapisserie dont les personnages plats dansent sur le mur une farandole de laine.

— D'où venons-nous? poursuivait l'infirme, où étions-nous avant de naître à la conscience de ce monde? Les religions parlent d'un paradis perdu. Son regret hante les hommes de toute race. Ce paradis perdu, je le nomme l'univers total. C'est l'Univers que ne limitent ni le Temps ni l'Espace. Il ne dispose pas de trois ou quatre dimensions, mais de toutes les dimensions. La lumière qui l'éclaire est composée, non de sept ou vingt, ou cent, mais de toutes les couleurs. Tout ce qui est, a été, ou sera, l'habite et aussi ce qui ne sera jamais. Rien ne s'y trouve formé, parce que toutes les formes y sont possibles. Il tient dans l'atome, et notre infini ne parvient pas à l'emplir. Pour l'âme qui participe à cet univers, l'avenir ni le passé n'existent, ni le près ni le loin. Tout lui est présence...

Saint-Menoux oubliait de manger. Il vit comme dans un rêve les mains blanches d'Annette lui verser à boire, poser dans son assiette la cuisse du poulet.

— Imaginez maintenant, continuait l'infirme (pour quel péché contre la perfection?), cette âme condamnée à la chute. Elle s'engage dans ce que nous appelons la vie, pour elle une sorte de couloir, de tunnel vertical, dont les murs matériels lui cachent jusqu'au souvenir du merveilleux séjour. Elle ne peut ni remonter ni se déplacer à droite ou à gauche. Elle est inexorablement attirée vers la mort, vers le bas, vers l'autre extrémité du tunnel, qui débouche Dieu sait où, dans quelque effroyable enfer, ou dans le paradis retrouvé. Cette

âme c'est vous, c'est moi, pendant notre vie terrestre, nous qui tombons en chute libre dans le temps, comme cailloux échappés à la main de Dieu.

Il avait soulevé sa barbe et la lâcha pour concrétiser l'image. Elle reprit doucement son apparence de moisson.

Saint-Menoux but les dernières gouttes du vin clair.

— Si je parviens, reprit Essaillon, à changer la densité de cette âme, de ce caillou, il me sera possible, soit d'accélérer sa chute, soit de l'arrêter. Je pourrai même le soustraire à la pesanteur qui l'attire vers l'avenir, et le faire remonter vers le passé! C'est au moyen de réussir cette intervention que je travaille depuis vingt ans! et j'ai réussi!

Il prit le mouchoir des mains de sa fille, s'épongea la tête et le cou, et ajouta d'une voix plus calme :

— Je conçois que cela vous apparaisse impossible. Aussi, avant de vous en dire davantage, je veux vous faire une démonstration.

Il écarta le rideau d'or qui masquait sa poitrine, découvrit un gilet de laine aux poches gonflées comme des mamelles. Ses doigts fouillèrent parmi les objets qui les garnissaient, reparurent serrés sur une boîte plate qu'il tendit à Saint-Menoux. Celui-ci souleva le couvercle et vit un assortiment de petites sphères de couleurs variées, couchées sur un lit de coton.

— Si vous absorbez une de ces pilules, dit Essaillon, vous êtes aussitôt rajeuni, selon sa couleur, d'une heure, d'un jour, d'une semaine, d'une lune, d'un an.

Il tira une seconde boîte de sa poche. Elle contenait d'autres pilules, de forme oblongue.

— Ces ovules produisent l'effet contraire. Ils accélèrent l'avance vers l'avenir.

21

Il choisit dans les boîtes deux pilules violettes et deux ovules de même couleur, les posa devant Saint-Menoux :

— Tentez l'expérience, dit-il.

— Moi? fit le caporal stupéfait.

— Oui, je n'ai que cette façon de vous convaincre. Voici de quoi faire vers le passé un bond de deux heures, et de quoi revenir aussitôt si vous le désirez. Vous décidez-vous?

Saint-Menoux regardait les doigts ronds de l'infirme qui poussaient vers lui les quatre grains d'améthyste sur le bois clair de la table. Il se sentait rougir de confusion, comme si on lui eût proposé de participer à des jeux inconvenants. Cet homme devait être fou.

Il releva ses regards vers la lampe, les promena sur tout ce qu'elle touchait de sa lumière, sur les meubles honnêtes, sur ce gros homme essoufflé, sur sa fille silencieuse dont les yeux noirs le regardaient avec sérieux. Et dans ces yeux calmes, il vit l'image doublée de la lampe bourgeoise. Les propos qu'il venait d'entendre juraient avec ces apparences sans mystère. Son esprit de mathématicien avait suivi facilement le discours de son hôte. Mais son bon sens se refusait à admettre ses conclusions. Ces pilules contenaient peut-être du poison. Ou bien étaient-ce simplement des bonbons achetés chez l'épicier du coin...

Pourtant, par quelles étranges paroles il avait été accueilli dans cette maison! il ne savait plus que croire. Ses hésitations amusaient son hôte qui se mit à rire. Son ventre tremblait de haut en bas, secouait sa veste grise.

Saint-Menoux se décida brusquement et posa sa main maigre sur les quatre pilules. La curiosité

l'emportait sur la crainte du ridicule ou du mal.

— Très bien! fit Essaillon.

Annette apporta une enveloppe. Le jeune homme y glissa les deux ovules, la mit dans sa poche, saisit les pilules rondes et les avala.

Il se sentit brusquement tiré dans le dos par une force effroyable. Il jaillit de sa chaise, la lumière sombra, une porte claqua, un vent glacé ronfla dans ses oreilles, un vent hurlant plein de jurons, de cris et de mille galops. La neige lui râpa le visage. Il sentit qu'il avait très froid aux pieds et aux doigts. Il sut qu'il allait tousser. Il toussa. Du haut de sa roulante, Pilastre l'interpella :

— Caporal, vous croyez qu'on arrivera cette nuit ?

— On arrivera quand on pourra, mon pauvre vieux !

Avant que ces mots fussent sortis de sa bouche, il les reconnut. Il avait déjà répondu la même phrase. Il attendit le réflexe du conducteur. Le « Merde, alors ! » arriva juste à son quart de seconde.

Le convoi cheminait dans la nuit. Un kilomètre le séparait encore de Tremplin-le-Haut. Saint-Menoux savait qu'il faudrait plus d'une heure pour franchir ces mille mètres, et qu'on s'arrêterait quatre fois avant de parvenir à la ville endormie. Un conducteur alluma sa pipe. Dans la lueur de l'allumette traversée de flocons, le caporal d'échelon vit un nez violet et deux glaçons pendus à une moustache. Il avait déjà vu la même figure éclairée par la même flamme. Mais cette fois-ci, à la face de l'Auvergnat, son souvenir en compara une autre,

un visage de fillette éclairé par une lampe rose. Il recommençait vraiment à vivre deux heures de son existence. Seconde par seconde, pas à pas, il allait parcourir de nouveau les événements dont il gardait le souvenir. Une exaltation prodigieuse l'envahit, chassa le froid de sa chair. Il lui semblait qu'il avançait environné de lumière. La nuit, le froid, la douleur, la crasse, l'ignorance stupide de l'avenir vers lequel on se précipite en aveugle, tout cela, c'était la part des autres hommes, du troupeau. Lui se sentait léger et puissant comme un demi-dieu, aussi différent de ses conducteurs que ceux-ci de leurs mules.

Une pensée tout à coup le frappa.

« Si maintenant, se dit-il, je changeais de route? Si je passais sans m'arrêter devant les trois marches de la maison du sorcier? Je suis libre de bifurquer. Je peux éviter les événements dont je prévois la venue, modifier ma destinée, rester un soldat comme les autres, pour qui le temps se mesure à l'accumulation des souffrances. Je peux aller m'embarquer sans voir Noël Essaillon... »

Il disait : « Je suis libre, je peux... » En réalité, il ne pouvait plus rien. La curiosité l'avait désormais enchaîné. Rien au monde ne l'eût fait renoncer à la suite de l'expérience.

Il eut hâte d'en savoir davantage, de quitter cette neige et ce froid, ce piétinement. Il chercha les pilules accélératrices, cligna des yeux sous la chute des flocons, et secoua l'enveloppe entre ses lèvres.

Les pilules glissèrent sur sa langue. Les muscles crispés dans l'attente du choc, il les avala avec une gorgée de salive. Il les sentit le long de son œsophage. Elles arrivèrent, chaudes, lumineuses, dans son estomac. Leur lumière déborda hors de

lui, emplit la pièce qui l'entourait. Noël Essaillon le regardait, un peu moqueur. Par-dessus l'épaule de l'obèse, il aperçut le visage de sa fille qui souriait, et dont les yeux lui parurent emplis d'une grande douceur. Il soupira de satisfaction, et sourit à son tour.

— Me voilà revenu, dit-il, vous ne m'avez pas attendu trop longtemps?

— Vous venez tout juste de partir! répondit l'infirme. Vous nous avez quittés avec un visage angoissé, vous revenez avec le sourire. A peine avons-nous eu le temps de nous apercevoir que votre chaise était vide. Je ne vous demande pas si vous êtes convaincu...

Saint-Menoux se leva pour serrer les mains d'Essaillon. Il avait envie de l'embrasser. Il pensa que ce serait ridicule. Il ne parvenait pas à exprimer son émoi. Du pan de sa vareuse, il renversa une tasse. Il s'excusa. Annette riait.

— Remettez-vous mon cher ami, dit Essaillon. Votre trouble me touche plus que vos compliments. Je suis bien heureux de vous voir aussi enthousiaste. Comment ne pas l'être, il est vrai, après une telle expérience? Comprenez-vous maintenant l'intérêt de ma découverte? Arrivé à quarante ans, vous décidez de recommencer votre vie. Vous retournez à votre adolescence. Vous vous lancez avec un corps tout neuf dans une nouvelle existence. Vous évitez les malheurs qui vous ont frappé dans votre premier temps, vous saisissez les bonheurs qui vous ont évité. Vous recommencez cent fois, mille fois. Vous possédez toutes les sciences du monde, parlez toutes les langues, vous avez aimé toutes les femmes, tutoyé tous vos contemporains. Vous avez tout vu, tout entendu, tout connu. Vous êtes Dieu...

Essaillon, de nouveau, se laissait aller à son exal-

26

tation. Il semblait prêt à se soulever, à s'arracher comme un athlète hors de son corps difforme.

— Un jour, peut-être, continuait-il, las de cette éternité terrestre, vous vous laisserez emporter vers la mort, qui sera la seule chose à laquelle vous n'aurez pas encore goûté...

— Si j'en crois mes yeux, demanda Saint-Menoux hésitant, vous n'avez pas encore, vous-même, « recommencé »...?

Son regard allait du visage de l'obèse à son ventre, à ses chevilles tronquées.

L'animation de l'infirme tomba. Il se tassa dans son fauteuil, se tut quelques secondes, et reprit d'une voix basse.

— Non, non..., je n'ai pas pu. J'ai fait de courts voyages dans le passé. J'y retourne chaque fois que c'est nécessaire à mes recherches. Mais je n'ai rien changé à mon destin. Je n'en ai pas eu le courage...

« Sans doute vous semble-t-il que je n'avais pas besoin de courage pour quitter cette carcasse difforme, que j'aurais dû m'en évader au contraire avec plaisir? Il aurait fallu pour cela que je pusse changer mon cœur... Je n'ai pu me résoudre à me séparer de mon enfant. Je n'ai pas voulu éviter l'accident qui a fait de moi un infirme. C'est en effet grâce à lui que j'ai connu la mère d'Annette. Elle était mon infirmière. Je l'ai épousée. Elle est morte en donnant le jour à ce trésor... »

Il tendit les bras. Les manches de sa veste, raccourcies par les plis aux coudes, découvrirent ses poignets, ronds, blancs comme les cuisses d'un bébé. Sa fille vint s'agenouiller près de lui, posa sa tête sur ses genoux. Essaillon caressa longuement les boucles brunes qui se mêlaient au flot d'or de sa barbe.

— Voilà, dit-il, les cordes qui m'ont attaché au présent. Je n'ai pu supporter l'idée de vivre une autre vie où mon enfant ne serait plus à mes côtés.

Saint-Menoux hocha la tête.

— Je vous comprends!

Essaillon reprit sa voix nette d'homme de science :

— Je me suis laissé, tout à l'heure, emporter par mon rêve, dit-il. En réalité, je ne crois pas qu'un homme, en possession de mes pilules, si égoïste, si déterminé fût-il, pourrait s'en servir librement. Il trouverait toujours un amour ou une haine pour l'enchaîner. D'ailleurs ce n'est pas le secret de l'immortalité et de la toute-puissance que je cherche. Je ne travaille pas pour moi, mais pour tous...

« J'ai aussi exploré l'avenir, poursuivait-il, mais avec une prudence extrême, car je ne sais où la mort m'attend. Je ne suis pas allé très loin. Je craignais à chaque minute de dépasser mon temps de vie. En somme, mon invention, qui vous émerveille tant, ne me satisfait guère. Cette substance, à laquelle j'ai donné le nom de noëlite, agit dans les limites de notre existence. Elle ne nous permet pas de sortir de ce tunnel à travers lequel nous tombons vers la mort, de bondir à travers le temps infini, tout en conservant notre personnalité actuelle. C'est pourtant cela qui m'intéresse. Mes pilules ne peuvent servir que des desseins égoïstes. Je rêve d'être utile à l'humanité. Je ne sais si ce sera possible. Les hommes ont toujours refusé l'appui de qui voulait les tirer de leur peine, et couru sur les traces de ceux qui les entraînaient au malheur. Pourtant, pourtant... »

Il se tut un instant; ses yeux verts, noyés de rêve, suivaient quelque étonnante vision. Il passa sa main grasse sur son crâne, reprit à voix basse :

— Il ne m'est pas défendu d'espérer qu'après avoir voyagé à travers les siècles, étudié dans sa chair l'histoire passée et future, recherché les causes exactes des guerres, des révolutions, des grandes misères, il soit possible d'en éviter quelques-unes... Peut-être accélérer le progrès, emprunter à nos petits-fils des inventions ou des réformes qui les rendront heureux, pour les offrir à nos grands-pères. Pourquoi pas?

Il se tut de nouveau. Saint-Menoux, bouleversé par ces paroles, ne voyait plus l'infirme. Il oubliait ses jambes tronquées, son ventre difforme, son visage qui exprimait autant de scepticisme que d'intelligence, ses mains grasses de gourmand. Dans son esprit se dessinait l'image d'un autre Essaillon, un géant, debout, glorieux, qui tendait les bras à la multitude accablée. Un génie, comme il en paraît de siècle en siècle parmi les hommes, pour changer leur destinée...

Essaillon frappa sur le bras de son fauteuil.

— Oui, dit-il, d'une voix ferme je veux, je dois trouver une substance qui nous rende perméables les murs de notre temps de vie. Je sais que je trouverai, mais il me faudra travailler longtemps encore. Combien de temps? Peu importe, je dispose de l'éternité. Je peux recommencer indéfiniment la même journée, y faire tenir un siècle. De toute façon, je vous ai choisi pour m'assister dans les explorations que je compte entreprendre lorsque j'aurai réussi. Je ne vous demande pas votre réponse, je la connais. Votre intelligence, votre formation scientifique, sœurs des miennes, me permettent d'espérer beaucoup de votre collaboration. C'est déjà grâce à vos articles que j'ai pu faire aboutir mes précédents travaux, qui sans cela eussent piétiné.

Désormais, c'est sur votre personne que je compte. Voici ce que j'ai décidé.

Il se redressa dans son fauteuil. Sa barbe coula comme un fleuve. Son regard était empreint d'une gravité et d'une noblesse qui ne permirent pas à Saint-Menoux d'élever la moindre objection.

— Vous ne devez pas vous soustraire au devoir envers la Patrie. Vous allez reprendre votre peau de soldat, repartir dans la nuit et le froid. Vous allez faire la guerre. Sachez que vous en sortirez indemne. D'ailleurs la noëlite vous permettra de la traverser si vite que vous ne la connaîtrez que par le souvenir.

« Je vais vous donner deux pilules d'un an. Prenez-les à la fois... C'est dans deux ans seulement que vous vous trouverez stabilisé à Paris. Je vous y rejoindrai. Pendant que vous ferez la guerre-éclair, j'aurai vécu dix, cent, mille ans, tout le temps nécessaire à l'aboutissement de mes recherches. Allez, mon petit, rhabillez-vous, c'est le moment de nous quitter, et de nous retrouver. »

Saint-Menoux, très ému, se déplia. Annette lui tendit sa capote. Elle dut lever bien haut les bras. Caparaçonné de laine fumante, il jeta un dernier coup d'œil sur la pièce où flottait une buée rose, courba en deux son grand dos pour poser un baiser sur le bout des doigts de la fillette.

Il hésita une seconde. « On ne baise pas la main des jeunes filles, se dit-il. Il est vrai que je ne suis pas un homme, mais un soldat... » Il acheva son geste et plongea dans la nuit glacée. La neige tourbillonnante l'assaillit.

« Dans deux ans? pensa-t-il brusquement. La guerre sera donc finie dans deux ans... »

Il se vit défilant aux Champs-Élysées, le béret sur l'oreille, après la marche glorieuse jusqu'au cœur de la nation ennemie. Puis il se dit que cela n'avait pas grande importance. La tâche qui l'attendait s'avérait d'une autre grandeur!

Un flocon s'attacha à sa prunelle, lui fit fermer les paupières. Une larme gelée colla ses cils. Un piétinement de chevaux passa près de lui dans la nuit, accompagné de jurons, de grincements de harnais et de timons. Il baissa son passe-montagne et happa les deux pilules. Une d'elles, en passant, lui chatouilla la luette. Il éternua.

— Chien de temps! dit-il. Et cette fenêtre qui ne ferme pas! Il traversa la petite chambre en se frottant les mains pour les réchauffer. Un cache-nez de laine faisait trois fois le tour de son cou et lui remontait jusqu'aux yeux. Il souleva le rideau bleu marine qui occultait la fenêtre, essaya de pousser davantage les battants gonflés de gel. Un filet d'air giclait à la hauteur de son ventre. Il éternua de nouveau, et revint s'asseoir devant sa table de bois blanc. Une lampe, qu'un journal coiffait d'un abat-jour opaque, était posée près du calendrier de bureau. Celui-ci marquait la date du 21 février 1942. Il était une heure du matin. Le 22 février commençait. Saint-Menoux tourna le feuillet.

Deux ans s'étaient écoulés depuis le moment où il avait, dans la neige de Tremplin-le-Haut, avalé les pilules de noëlite. Avaient-ils vraiment passé à la vitesse promise par Essaillon? De la neige champenoise à la neige parisienne, n'avait-il fait qu'un bond par-dessus de longs mois? Pourtant quels souvenirs il gardait de l'alerte du 10 mai 1940, de la confiance avec laquelle il était entré en Belgique, de la terrible surprise. Le ciel plein d'avions, les bombes qui tombaient comme grêle, les voitures pulvérisées, six de ses conducteurs tués. Et la retraite dans le désordre jusqu'au camp de Souges, près de Bordeaux, les mouches qui tapissaient le sable du camp mêlé d'excréments, la dysenterie, le désespoir, le départ pour les Pyrénées, la démobilisation, sa place à Paris prise par un non-mobilisé, sa nomination dans un collège de province, enfin son retour dans la capitale au début de cette année.

Certes, il avait vécu tout cela. Il se regarda dans la glace. Il y vit les traits d'un homme qui avait durement appris à compter avec le réel. Son visage gardait la marque des souffrances. Alors, cette nuit de Tremplin-le-Haut était-elle un rêve? Il lui suffisait de fermer les yeux pour revoir l'estropié avec sa barbe de feu et son ventre comme une citrouille sur son fauteuil. Et la jeune fille silencieuse...

Il ne savait plus que croire. Sur son bureau s'étalaient les copies corrigées. Quarante élèves de Mathématiques Supérieures âgés de dix-huit à vingt ans. Il avait passé une partie de la nuit sur leurs devoirs. La nuit, deux ans, une seconde. Le temps d'avaler sa salive. Le temps, qu'est-ce que le temps? Sur les copies brillait un objet menu, en argent, une preuve matérielle de son passage chez les Essaillon; une cuillère à café, emportée par mégarde. Il la prit dans ses doigts. Elle était glacée. Il se déshabilla en frissonnant, gardant son caleçon de laine, enfila un pyjama fripé, pas très propre. Un pyjama de célibataire. Il s'assit sur son traversin. Ses genoux de sauterelle repliés vers son menton, il tâta les draps glacés du bout de ses orteils, se glissa dans le lit comme dans l'eau d'un fleuve. Il ne parvenait pas à se réchauffer. Il regrettait la paille de l'écurie de Vanesse, la chaleur et l'odeur des chevaux. Ce souvenir-là lui paraissait tout proche. C'était hier...

Il entendit sonner trois heures, quatre heures. Les heures n'en finissaient pas. Avait-il vraiment parcouru deux années en un éclair? Le vent d'hiver gémissait sur la ville endormie. Derrière la cloison ronflait M. Michelet, son voisin de palier...

Si Essaillon tenait sa promesse, il allait arriver ce jour même. Essaillon, et sa fille Annette.

Des coups frappés à la porte de sa chambre l'éveillèrent. Il cria : « Voilà! voilà! j'arrive! »

« C'est eux », pensa-t-il.

Il bondit. A mi-chemin de la porte, il eut honte de ses pieds noirs, revint près de son lit, enfila ses chaussettes. Il claquait les dents d'émotion et de froid. Il arracha une couverture, s'en enveloppa, courut ouvrir.

— Monsieur Saint-Menoux? demanda une voix de flûte.

A la hauteur de sa ceinture, il aperçut la casquette et le nez rouge d'un petit télégraphiste.

— Oui, c'est moi.

— Voilà, M'sieu!...

Dans la pince de sa moufle, le gamin lui tendit un pneu, tourna les talons, et dégringola l'escalier en chantant *J'ai mon heure de swing!*...

Saint-Menoux entendit sa logeuse qui l'insultait au passage. Ses mains tremblaient. Le pneu portait l'adresse de l'expéditeur : Noël Essaillon, 7, villa Racine, Paris 16e.

> *Mon cher ami,*
>
> *Nous voici fidèles au rendez-vous. Nous vous attendons à déjeuner. Bien à vous.*
>
> Noël Essaillon.

— Eh bien, mon cher voisin, j'espère que ce sont de bonnes nouvelles ?

A s'entendre interpeller, Pierre s'aperçut qu'il était resté sur le seuil de sa chambre. Il referma sa porte en grommelant « Merci, merci ». Des mèches de cheveux pâles lui retombaient sur les yeux.

M. Michelet haussa les épaules, et descendit vers son petit déjeuner. M. Michelet, architecte malheureux, avait, à cinquante ans, perdu tous ses clients et sa fortune presque entière. Il habitait cette maison meublée du boulevard Saint-Jacques, parce que, de l'autre côté du boulevard, s'élevait un des immeubles bâtis sur ses plans. Une sorte de chalet, avec des tourelles et des clochetons, entouré d'un mètre cinquante de semble-jardin, écrasé entre un garde-meuble et un entrepôt de charbon. De la fenêtre de sa chambre, par-dessus le métro, M. Michelet pouvait contempler son chef-d'œuvre à longueur de journée. Il ne lui restait que ce bonheur. L'âge et les épreuves l'avaient ratatiné. Ses vêtements de confection paraissaient trop grands pour lui. Son feutre gris, qui tournait au marron sale, lui descendait jusqu'aux oreilles. Son visage avait perdu toute couleur. Ses yeux mêmes étaient d'une teinte indécise, comme ces mares dont on aperçoit le fond vaseux parmi quelques reflets de ciel. Sa moustache, en sa jeunesse, devait être triomphante. Elle s'était découragée et tombait parallèlement aux coins amers de la bouche, jusqu'au menton mal rasé. Elle était grise en ses extrémités, et couleur de mégot tout le long de la lèvre.

Pour se venger de la méchanceté du sort, M. Michelet racontait à chacun l'histoire de ses infortunes. Il s'accrochait aux locataires de l'hôtel, aux gens de rencontre assez mal avisés pour prêter l'oreille à ses premières phrases. Il commençait par se soulager, chaque matin, auprès des habitués du bar-bougnat où il buvait son café national.

Il arrivait, impatient, avant le jour levé, quand le percolateur commence à siffler et que le patron bâille en alignant sur le comptoir les verres à pied où tintent les petites cuillères. Il retrouvait les mêmes ouvriers frileux qui vont prendre un des premiers métros. Sa gabardine s'insérait, près du zinc, entre leurs pardessus râpés et leurs bleus. Le plombier lui passait la giclette de saccharine qui remplaçait le calva regretté, lui donnait une tape amicale dans le dos et lui demandait si « ça allait pas mieux »? Alors, M. Michelet commençait à raconter ses malheurs. Parfois, quelque malpoli l'interrompait : « On la connaît ta musique. » Même s'ils ne lui disaient rien, ils ne l'écoutaient pas. Ils le laissaient parler. Ils causaient de la guerre. Chacun savait comment elle allait finir.

Une allée s'ouvrait entre deux maisons au visage glacé. Elle quittait la rue bourgeoise et s'enfonçait parmi les arbres. Deux murs percés de rares portes et de grilles couraient de chaque côté d'elle, coiffés d'une couche de neige que des tessons de bouteille tranchaient de leurs nez aigus. Quelques pas avaient tracé un sentier sur le tapis blanc qui couvrait les pavés. Des arbres joignaient leurs branches nues, haut dans le ciel. Un silence de forêt baignait ce morceau de nature oublié dans la ville.

Saint-Menoux dut chercher les numéros sous les racines entrelacées du lierre. Il apercevait, à travers les troncs et les massifs, des maisons isolées. Au n° 5, trois chiens-loups accoururent du fond du parc, se jetèrent sur la porte. Ils sautaient après la grille, passaient entre les barreaux leurs gueules ouvertes, grondaient sauvagement, cherchaient à mordre, sans aboyer.

Le n° 7, c'était la dernière grille, celle qui se fermait à deux battants sur le bout de l'allée. Saint-Menoux sonna. Un pas courut sur la neige. Une femme âgée arriva. Elle portait une coiffe blanche aux grandes ailes amidonnées, une robe noire fermée au cou.

— C'est bien ici qu'habite M. Essaillon?

Elle répondit « Oui! Oui! » de la tête, sans dire

un mot. Les ailes de sa coiffe battirent. Elle fit signe au visiteur de la suivre. Elle courait. Les plis de sa jupe volaient autour de ses bas de coton blanc.

Saint-Menoux, étonné, courut derrière elle le long d'un sentier, grimpa le perron d'une maison en pierres de taille. Elle ne lui donna pas le temps de se remettre, ouvrit deux portes, s'effaça.

Pierre essoufflé ouvrait la bouche pour reprendre haleine.

Il fut accueilli par le rire d'Annette.

— Décidément, dit-il, je ne pourrai jamais... faire chez vous... une entrée normale!

Il se rappelait ses brodequins mouillés sur le parquet de Tremplin-le-Haut. C'était la même pièce, les mêmes meubles, éclairés par une lumière semblable, venue des fenêtres voilées de rideaux roses. Assis dans le même fauteuil, l'infirme, les deux mains dans sa barbe, regarda Saint-Menoux entrer avec le même sourire bienveillant, à peine ironique. Derrière lui, debout, se tenait sa fille. Elle seule avait changé. Elle s'était épanouie, mais gardait aux yeux cette flamme pure qui brille dans ceux des enfants très jeunes ou de quelques êtres qui n'ont rien à cacher. Elle avait poussé seule, près de ce père qui se contentait de jouir de ses soins, de son aide et de sa beauté. Personne ne lui avait appris à voir le mal où il n'en était point.

Elle fit quelques pas vers Saint-Menoux. Elle était vêtue d'une jupe plissée bleu marine à bretelles et d'un corsage de dentelles. Elle marchait les bras à demi pliés, les mains en avant. Elle tendait au visiteur ses mains et ses bras nus. A chaque pas, ses seins libres bougeaient un peu derrière les dentelles. Sa jupe cernait sa taille fine, s'arrondissait sur ses hanches et dansait au-dessus des jambes parfaites. Deux tresses enroulaient leurs volutes brunes sur ses tempes. Quelques cheveux fous échappaient à l'ordonnance, ombraient son front et sa nuque, accrochaient la lumière tout autour de sa tête. Son teint rose et doré évoquait la chaleur du sang et celle du soleil. Elle souriait, sans ouvrir les lèvres, de ce même sourire qui avait accueilli Saint-Menoux deux ans plus tôt, et qui baignait ses traits de douceur et de mystère.

Saint-Menoux ne savait guère apprécier la beauté féminine. Il vivait surtout par l'esprit, dans ces régions inhumaines où les mathématiques entraînent quelques privilégiés. D'Annette, il se rappelait le visage lumineux, et l'aimable accueil qu'elle lui avait réservé. Il ne la séparait pas du souvenir de son père.

Il fut pourtant frappé par la beauté et l'aisance de la jeune fille, mais quand il lui eut serré la main, il ne pensait déjà plus à elle. Il était la proie d'une curiosité angoissée qui l'occupait tout entier.

Au moment où la main du jeune homme s'était posée sur la sienne, Annette, tout à coup, avait cessé de sourire. Elle se tourna lentement pour le regarder s'éloigner d'elle, s'avancer dans la pièce, vers son père...

— Nous sommes bien heureux de vous revoir, mon cher ami, dit l'infirme. J'espère que ma vieille Philomène ne vous a pas trop mal reçu. C'est la nourrice de ma fille. Vous n'aviez pu la rencontrer lors de votre première visite. Elle était morte...

Ces derniers mots libérèrent Saint-Menoux de son angoisse. Cela ressemblait à une bonne plaisanterie. Il se mit à rire.

— Voilà au moins du nouveau, dit-il. On est sûr avec vous, de ne pas manquer de surprise.

— Cela n'a rien de surprenant! Asseyez-vous donc, mon cher Saint-Menoux. Vous connaissez le dévouement de ces vieux domestiques. Philomène menait la maison. Pour que « rien ne se perde », elle mangeait les restes. Un jour, elle s'est empoisonnée, sans doute avec quelque morceau de viande qu'elle avait oublié trop longtemps dans le garde-manger. Elle a mis quinze jours à mourir. Annette l'a pleurée. Un gros chagrin. Quand la noëlite fut au point, je retrouvai Philomène dans le passé, et je tentai de l'empêcher de mourir. Mais je n'ai pu trouver la cause exacte de sa maladie. Ne sachant ce qui l'avait empoisonnée, je l'ai enfermée dans sa chambre et je lui ai interdit la nourriture pendant huit jours. Une semaine au pain et à l'eau. Elle en est sortie maigre et à moitié enragée, mais vivante. Depuis, elle ne nous a plus quittés...

— Elle doit vous être prodigieusement reconnaissante?

— N'en croyez rien, répondit Essaillon. Elle ne me le pardonne pas, au contraire. Elle vit dans le remords perpétuel d'avoir « volé son temps ». Elle se hâte, elle court, dans l'espoir d'achever plus vite cette vie dérobée. Mes nouvelles expériences ne lui plaisent guère. Elle dit que le diable me tient...

Ses paupières se plissèrent, cachèrent presque entièrement ses yeux. Pierre fut étonné de voir passer sur son visage un reflet de colère.

Même au temps de l'abondance, Saint-Menoux, retenu par son budget, n'avait jamais fait un pareil repas. Homard, poulet, gigot, petits pois frais, asperges, salade s'étaient succédé dans son assiette. Et pour finir, après un choix de fromages crémeux et de gâteaux au beurre, il s'était vu servir, en plein mois de février, des fraises, des cerises et des raisins d'une fraîcheur invraisemblable.

Il avait un petit estomac. Les portions minuscules des restaurants de la catégorie D lui suffisaient. Il prêtait trop peu d'attention à cette fonction inévitable, pour souffrir, comme ses voisins, des nourritures grises du temps d'armistice et de leurs goûts bizarres.

La cuisine de Philomène sembla éveiller en lui la faculté de savourer. Il s'émerveilla comme à quelque floraison inattendue au cœur de l'hiver. Il se bourra du premier plat, et dut se contenter de goûter aux autres. Le pain blanc lui parut fade.

Il sentit arriver le café, avant que la servante eût posé sur la table les tasses de moka.

Essaillon jouissait de son étonnement, Annette, de son plaisir.

L'infirme mangeait comme quatre et buvait sec. Sa barbe se garnissait de miettes de pain. Il la secouait après chaque plat. Son appétit semblait habituel. A voir sa fille remplir son assiette, Saint-Menoux devinait qu'elle devait le servir aussi abondamment à chaque repas. Essaillon le confirma d'ailleurs à son invité.

— Voyez-vous, dit-il, je suis, au fond, un ingénu. Je ne parviens pas à me saturer des joies de ce monde, joies des sens, joies du cœur et joies de l'esprit. Et je souffre de voir autour de moi tant d'hommes malheureux quand la vie pourrait leur offrir des jouissances si grandes et si variées. Je suis aujourd'hui le seul à manger en hiver des fruits mûris en leur temps normal et cueillis d'hier. Bientôt, je l'espère, chacun pourra faire comme moi. Venez, je vais vous montrer d'où je tiens ces richesses.

Annette poussa le fauteuil de son père. Ils entrèrent tous les trois dans une pièce voisine qui rappela à Saint-Menoux la cave des coffres d'une banque. Ses murs étaient divisés en une quantité de petites portes de métal gris, munies chacune d'une poignée et d'un bouton blanc pareil à celui d'une sonnette. L'infirme saisit une poignée et tira. Le battant s'ouvrit sur du noir. La clarté venue des grandes fenêtres ne pénétrait pas d'un millimètre dans le coffre. Il paraissait plein d'obscurité comme d'une substance. Le regard se heurtait à une ombre totale, ne parvenait pas à saisir le plus pâle reflet. Dans la pièce ouverte au grand jour d'après-midi, ce rectangle était irrationnel.

— Mettez votre main dans le coffre, dit Essaillon.

Saint-Menoux s'approcha, tendit le bras et grogna. Sa main ne pouvait pas entrer dans le vide. Elle ne rencontrait pourtant aucune résistance. Il tâta du bout des doigts cette ténèbre. Il ne sentit rien. Pas de grain lisse ni rugueux. Pas de matière. Pas de sensation de température. Rien. Il n'y avait point là de surface. Et sa main, que rien n'arrêtait, ne pouvait aller plus loin. Il y mit alors les deux mains. Il avait l'air d'un cambrioleur qui cherche à tâtons le secret d'une serrure. Ses doigts se promenaient le long du vide. Il s'appuya sur cette porte ouverte, tout son corps soutenu par ses mains posées à plat sur le noir. Et ses mains n'étaient en contact avec rien. Il était appuyé sur du néant.

Essaillon avait tiré ses lunettes de la poche de son gilet de laine, les avait posées sur son nez. Ses yeux frétillaient derrière ses verres.

— N'insistez pas, mon cher Pierre, dit-il. Je vais d'abord vous montrer le contenu de ce coffre. Je vous expliquerai ensuite le mystère. Regardez!...

Il appuya sur le bouton blanc. Saint-Menoux vit l'obscurité frémir, tourbillonner et se dissoudre. Une lampe verte venait de s'allumer au plafond du coffre. Sa lumière blafarde éclairait quatre mottes de beurre posées sur des plateaux de bois. Saint-Menoux avança la main. Elle entra, cette fois, sans difficulté, et son index fit un trou dans le beurre.

Pendant que Pierre, penaud, suçait son doigt, Essaillon appuya de nouveau sur le bouton. Un brouillard noir voila la lampe, s'arrêta au ras de la porte, devint comme un bloc. L'infirme ferma le battant.

— Vous avez vu mon garde-manger, dit-il. Je vais maintenant vous expliquer comment il fonctionne.

Ils retournèrent dans la pièce voisine. Philomène avait posé sur la table un assortiment de bouteilles d'alcools de toutes sortes.

— Choisissez ce que vous aimez et servez-vous... Vous venez de voir une application de la noëlite. Je suis parvenu à fabriquer une nouvelle variété de cette substance. Dans mon désir de rester le plus longtemps près de ma fillette chérie, j'ai voulu éterniser le présent. J'ai obtenu des résultats bien différents de ceux que j'escomptais. Qu'est-ce que le présent dans notre petit univers? Pendant que je pense la phrase que je vais vous dire, elle fait partie de l'avenir. A mesure que je la prononce, elle tombe dans le passé. Le présent, est-ce le moment où je déguste cette merveilleuse liqueur? Non! Tant qu'elle n'a pas atteint mes lèvres, c'est l'avenir. Quand la sensation de son goût, de sa chaleur, qui m'emplit la bouche, quand ce plaisir atteint mon cerveau, il a déjà quitté mon palais. C'est le passé. L'avenir sombre dans le passé dès qu'il a cessé d'être futur. Le présent n'existe pas. Vouloir l'éterniser, c'était éterniser le néant. C'est ce que j'ai fait!

Saint-Menoux posa son verre. Il ne savait même pas ce qu'il avait bu.

— Ces coffres que vous avez vus sont enduits intérieurement d'une peinture à base de noëlite 3. Cette peinture soustrait à l'action du temps ce qui se trouve à l'intérieur du coffre. La lampe verte annule l'action de la noëlite. J'allume la lampe verte. J'introduis dans le coffre un poulet vivant. J'éteins la lampe. Le poulet cesse de devenir. Le présent, qui n'existait pas pour lui, sera désormais l'unique forme de son temps. Il ne bouge plus, car mouvement suppose vitesse, départ et arrivée, déplacement du temps. Son sang s'arrête. Ses sensations ne courent plus le long de ses filets nerveux. Il reste figé dans le présent. Il peut demeurer ainsi mille ans, sans vieillir, sans sentir. Dès que se rallume la lampe verte, il recommence à exister. Une allumette enflammée peut rester dans mon coffre une éternité sans s'éteindre ni se consumer.

« Quel est l'état des objets ou des organismes vivants ainsi conservés dans un éternel présent?

Nous pouvons seulement l'imaginer. Nous ne pouvons pas nous en rendre compte par les sens, car la lumière, l'odeur, les sons, tout s'arrête sous l'action de la noëlite. Et si vous ne pouvez pas faire entrer votre main dans le coffre, c'est qu'il ne peut pas y avoir mouvement à l'intérieur de ce présent perpétuel. Ainsi le néant reste-t-il inconnaissable.

« Quand j'eus mis au point la noëlite 3, je revins en 1938 en compagnie d'Annette. J'achetai cet hôtel, fis construire ces coffres. Je leur appliquai ma peinture, puis les garnis de denrées diverses. Quand l'un d'entre eux se trouve vide, Annette retourne faire un petit tour avant guerre et le remplit.

— C'est si drôle, dit Annette, de me retrouver fillette, avec mon expérience de jeune fille!

— Écoutez-la, reprit l'infirme. Écoutez-la parler de « son expérience », cette gamine!

Pierre la regarda. Il essayait d'imaginer le retour de cette magnifique adolescente dans son corps de grande fille. Il voyait ses seins s'amenuiser, s'aplatir, ses mollets maigrir, son visage se durcir... Elle le regardait dans les yeux, et ce fut lui qui le premier tourna la tête. Il toussa et enchaîna :

— Vraiment, avec vous, le miraculeux devient habituel. Vous vous promenez dans le temps comme dans les rues de la ville... N'avez-vous pas appliqué à d'autres usages la noëlite 3?

— Si! J'en ai enduit l'intérieur des toiles de nos matelas, dont la laine a été retirée. Nous dormons mollement soutenus par du néant! Quelle sensation étonnante de se sentir posé sur rien! Vous voyez déjà quels services peut rendre la nouvelle substance. Hélas, l'histoire de notre temps nous le montre, toute invention peut être utilisée plus facilement au malheur des hommes qu'à leur bonheur. J'ai voulu m'assurer de la nocivité de la noëlite 3.

Il posa son verre. Une goutte d'armagnac brillait près de sa lèvre, comme une goutte de rosée blonde, entre deux fils d'or.

— J'en ai fait parvenir à un état-major lointain, par une voie détournée, dix hectolitres à l'état liquide, dans des récipients spéciaux. J'indiquais les précautions à prendre pour en garnir des bombes légères, fusantes. J'ai demandé qu'on me fasse part des résultats par une émission radiophonique, en sanscrit. Il n'existe pas beaucoup d'hommes qui le comprennent, dans le monde. Et ces hommes-là généralement se moquent de la T.S.F. Il y a six mois de cela. J'ai fixé l'heure et le jour de l'émission. Je vous attendais. C'est pour aujourd'hui, pour tout de suite. Écoutons...

Il ouvrit la porte d'un bahut ancien sculpté au couteau. Une plaque d'ébonite apparut munie de boutons moletés. Le premier bouton tourné, le poste gronda sourdement.

Essaillon chercha la longueur d'onde. Un fil de lumière bleue se déplaçait sur les chiffres d'un cadran. Au passage, les échos du monde giclaient dans la pièce, un éclat de cuivres, trois roucoulades d'un soprano, les trilles du morse, et le bruit de boîte à musique des trains de brouillage, par-dessus les voix déformées des speakers.

— Voilà, fit le savant.

Il regarda le cadran d'une haute horloge dont le balancier de cuivre berçait le temps.

— Dans deux minutes, dit-il.

Le poste diffusait un indicatif étrange, cinq notes de flûte sans cesse recommencées, envoûtantes comme la musique d'un charmeur de serpents.

Saint-Menoux, qui s'était levé, se rassit doucement au bord de sa chaise. Il n'osait plus faire le bruit de sa respiration. Annette, les mains sur la table, regardait son père avec une sorte d'inquiétude. Les deux minutes passèrent.

— Je me demande..., grogna l'infirme.

Il se tut brusquement. Une voix sortait du poste, une voix d'homme, aiguë, monotone, qui prononçait des mots incompréhensibles, pleins du chant des voyelles. Le visage d'Essaillon s'éclaira. Il écoutait passionnément. Des deux mains, il fit signe aux autres de se taire, de cesser tout bruit. Puis il parla à voix basse, par phrases courtes, entrecoupées.

— Ils l'ont essayée... sur une petite ville... quelque part en Asie...

Saint-Menoux sentit son cœur se serrer. Il pressentait l'abominable. Les petites mains d'Annette, sur la table, se fermèrent.

— Un avion a suffi... Il tourne au-dessus de la ville, jette ses bombes... Elles éclatent au-dessus des toits. La noëlite tombe en pluie. Pas de fracas ! Pas de bouleversement ! Pas de pâtés de maisons réduits en poussière ! Quelques bombes qui éclatent en l'air. Avec un bruit mou. Une petite pluie qui tombe. Là-haut, l'avion ronronne. Les gens lèvent la tête, voient le ciel se strier de raies noires. La noëlite tombe, la pluie atteint bêtes et gens... atteint le sol. Pas de sang, pas de brûlures. Une petite pluie ni chaude ni froide.

La voix du poste continuait son récit sans émotion, comme une litanie. Peu à peu, Essaillon s'exaltait. Il imaginait sans doute autant qu'il traduisait, remplaçait par des phrases concrètes les mots abstraits de la vieille langue, ajoutait tout ce qu'il devinait et que l'étranger qui parlait si loin ne pouvait pas, lui-même, savoir.

— Une pluie noire qui ne mouille pas... Une pluie d'encre impalpable. Mais l'homme qui en a reçu quelques gouttes sur la main, et qui veut approcher ses doigts de son visage, s'aperçoit avec effroi qu'il ne peut plus bouger sa main. Elle est clouée à l'air, clouée au présent immuable. Il ne peut plus remuer la tête. Il a de la noëlite dans les cheveux, sur les épaules. Il est ligoté. Il hurle d'épouvante. Toute la ville hurle. Tous les êtres vivants, atteints par-ci par-là, continuent à devenir, avec la partie de leur corps qui n'a pas été touchée, tandis qu'une autre partie s'immobilise dans le temps. À la place d'un bras, d'un nez, ils n'ont plus qu'une ombre sans poids fixée dans l'espace comme un ciment. Le sol des rues est jonché de taches ténébreuses. Les maisons sont à moitié fantômes. Les arbres des avenues ont des feuilles noires, que le vent n'agite plus. Une tempête agite le fleuve dont l'eau non atteinte doit se frayer un chemin parmi l'eau figée. L'air est traversé de millions de barres de ténèbres. Chaque goutte de noëlite, en tombant, a porté jusqu'au sol une mince colonne d'ombre que nul ne peut briser ni franchir, fût-elle de l'épaisseur d'un cheveu. Tout ce qui vit, tout ce qui d'ordinaire se meut, est cloué par des flèches au présent immobile.

« Hommes et bêtes meurent, parce que les cœurs ou les cerveaux s'arrêtent, parce qu'une artère principale est obstruée, parce que les nerfs ne commandent plus à la vie de continuer. Ceux qui sont moins atteints connaissent, après les souffrances de l'immobilité, celles de la faim et de la soif. Les rues sont peuplées d'une foule d'êtres englués qui s'agitent, essaient en vain de s'arracher à cette horreur. Dans les maisons, hommes et femmes préservés par les murs et les toits ne peuvent plus sortir de chez eux. Dans les rues se dressent des herses entre les barreaux desquels il est impossible de se glisser. La faim assaille ces assiégés. Bientôt la mort étend sa main silencieuse sur la ville. Dans les rues, des cadavres pendent, accrochés dans l'air par les morceaux de leur chair que la noëlite a touchés. La pourriture, peu à peu, les en arrache. Le sol est jonché de viandes putréfiées, d'os décharnés, tandis que l'air reste peuplé de profils, d'oreilles, de chevelures, de seins, de doigts noirs, figés, éternels, reliés au ciel par la pluie immobile du présent... »

Le poste, depuis quelques minutes, s'était tu. Essaillon se tut à son tour, ôta ses lunettes, passa sa main sur son front et sur ses yeux.

— C'est affreux! fit Saint-Menoux à voix basse.

— Oui, c'est affreux, acquiesça l'infirme; affreux, mais vraiment prodigieux, n'est-ce pas?

Ses prunelles couleur de mer brillaient d'une singulière exaltation. Il poursuivit :

— Imaginez qu'il existe peut-être dans cette ville un homme sur lequel est tombé assez de noëlite pour qu'il soit conservé entier dans le présent. Peut-être un guetteur de D.C.A., sur un toit, près du point d'éclatement des bombes. Cet homme-là, seul dans la cité silencieuse, ni vivant ni mort, continue à monter la garde, hors de l'éternité. La fin du monde ne le touchera pas, car il n'y parviendra jamais. Dieu même ne peut plus l'atteindre...

Annette soupira.

— Vous devriez peut-être boire quelque chose, dit-elle à Saint-Menoux d'une voix très douce.

Sans attendre sa réponse, elle lui versa deux doigts de calvados. Elle avait subi moins que lui l'horreur du récit, parce qu'elle se trouvait plus

50

sensible aux joies qu'aux malheurs, à la beauté qu'aux choses laides. Son corps resplendissant de vie ne se trouvait attiré que par la vie; et son esprit restait rebelle aux images de mort.

On entendit un grand bruit de vaisselle brisée.

— Oh! fit Annette, voilà ma pauvre Philomène qui se venge encore sur la porcelaine...

Elle quitta la pièce. Elle était chaussée de souliers de daim bleu, très simples, à hauts talons, qui faisaient paraître plus fines ses chevilles nues, et contractaient un peu le galbe de ses mollets. Elle chantonnait l'air de flûte du poste. Saint-Menoux ne la vit pas partir. Il se demandait comment il allait dire ce qu'il pensait.

— Je... fit-il. Hum!

Il se racla le gosier.

— Je ne voudrais pas vous faire de reproches... Ne croyez pas que... Je vous admire tellement... Mais je pense que vous avez peut-être eu tort de communiquer votre invention aux militaires. Ne craignez-vous pas qu'ils fassent d'effroyables ravages?

Essaillon promenait sur sa barbe la brosse d'écaille. Les soies caressaient les poils avec un bruit de satin.

— Rassurez-vous, mon petit Pierre, dit-il. Ils n'auront plus de noëlite. Ils ne savent pas d'où elle vient, et s'ils tentent de l'analyser, ils ne réussiront qu'à rendre inutilisables leurs instruments, leurs laboratoires et peut-être leurs chimistes! Ils m'ont offert tout à l'heure des sommes fabuleuses. Ils ont ajouté qu'ils me rappelleraient tous les jours. Je ne les écouterai pas. C'est une expérience terminée. Je devine que vous m'en voulez de l'avoir faite. Elle ne vous semble pas cadrer avec mes buts humanitaires. C'est pourtant à cause de cette expérience que je ne livrerai pas ma noëlite au public. Avant d'agir, il faut connaître. Le Chinois qui inventa la poudre pour feux d'artifices aurait peut-être arrêté ses recherches s'il avait prévu le canon. D'autre part, nous autres savants ne devons pas montrer trop de sensiblerie. Qu'est-ce que la mort de quelques milliers d'hommes, quand on travaille au bonheur de l'humanité entière?

Il jeta la brosse sur la table d'un geste désinvolte. Ses yeux étaient devenus froids comme un étang gelé. Mais Saint-Menoux ne pouvait oublier l'atroce excitation qu'il avait vue luire dans ces mêmes prunelles, pendant le récit du bombardement.

Essaillon se frotta les mains et se mit à sourire. Ce fut de nouveau le bon vivant, le gourmand, le chercheur heureux, qui parla :

— Et maintenant je vais vous montrer ma merveille, grâce à laquelle vous pourrez bientôt voyager dans les siècles futurs. Ayez la gentillesse de pousser mon fauteuil...

Ils passèrent dans une pièce contiguë qui devait être le laboratoire. Quatre grandes tables de marbre rose étaient disposées le long des murs. Une encoche en demi-cercle entamait chacune d'elles pour permettre à l'obèse d'y travailler sans quitter son fauteuil. La surface des tables était nue. Sous chacune se trouvaient des placards de fer aux portes fermées. Au-dessus d'une table, un costume de drap vert pendait à un clou du mur. Essaillon le montra du doigt :

— Voilà l'objet, dit-il, décrochez-le.

Saint-Menoux étala sur la table une sorte de combinaison, en une seule pièce de la cagoule au pantalon. Une fermeture éclair la fendait sur le devant. Deux trous y étaient pratiqués pour les yeux. Deux petits appareils étaient fixés à l'étoffe à la hauteur des oreilles. L'étoffe semblait avoir été trempée dans une bouillie à sulfater les vignes.

— Voici les accessoires nécessaires, ajouta Essaillon, qui tira d'un placard une paire de bottes, des gants à poignets très longs, des lunettes de motocycliste, une ceinture de cuir à laquelle était fixé un appareil carré en métal, gros comme ceux que portent sur le ventre les receveurs des autobus parisiens.

Il ajouta deux musettes et un sac tyrolien. Cuir, métal, lunettes étaient également de couleur verte.

— Tout ceci, dit le savant, est enduit d'une combinaison de noëlite 3 et de noëlites 1 et 2. Lorsque vous aurez revêtu ce costume, mis ces lunettes, enfilé ces gants et ces bottes, cet appareil fixé à votre ceinture vous permettra de vous promener parmi les siècles. Sa mise en marche rend actives à la fois la noëlite 3 et l'une des deux autres au choix. Vous désirez vous déplacer de cent ans en avant ? La noëlite 2 vous y transporte d'un seul coup. Et la noëlite 3 vous conserve tel que vous êtes. Elle préserve votre état présent, tandis que les autres vous précipitent dans l'avenir ou le passé. Le fonctionnement de l'appareil est bien simple. Ces cinq boutons moletés vous permettent de déplacer les curseurs le long des réglettes des heures, des jours, des mois, des années, des siècles. Le milieu des réglettes, marqué du chiffre 0, c'est le temps de votre départ. A gauche c'est le passé, à droite le futur. Les curseurs réglés, vous appuyez sur ce bouton rond, vous êtes immédiatement transporté au point du temps que vous avez déterminé. Pour revenir, appuyez sur ce bouton carré. Vous voilà ramené à votre point de départ comme par un élastique.

« Ce bouton triangulaire met en marche un

vibreur. Vous ne l'actionnez qu'à votre arrivée. Le vibreur fait varier votre temps d'une seconde en avant et en arrière, à un rythme très rapide. A chaque aller et retour, vous sautez par-dessus le présent. Pour les gens qui vous entourent, vous n'êtes jamais là, toujours en retard ou en avance d'une seconde sur leur temps. Vous voilà donc invisible, impalpable. Un mur se présente à vous ? N'hésitez pas à le traverser. Il ne peut pas vous arrêter puisque vous n'êtes pas encore là, ou déjà passé. Rien ne vous fait obstacle. N'oubliez pas, quand vous mettez les lunettes, d'en enfoncer les branches dans ces petits trous des écouteurs. Lunettes et écouteurs sont, en effet, en liaison avec le vibreur. Dès que celui-ci fonctionne, le verre des lunettes et la membrane des écouteurs vibrent en harmonie avec lui, mais en sens inverse. Ils retardent les rayons lumineux et les sons quand votre temps s'accélère, et les accélèrent quand vous êtes en retard. Ils vous restituent le monde dont vous n'auriez, sans eux, qu'une sensation brouillée, chaotique. Peut-être y aura-t-il parfois un léger fading dans votre audition, et il pourra vous advenir de voir trouble. Mais vos sens s'accoutumeront très vite. Rien ne vous empêche d'ailleurs, si vous jugez pouvoir vous montrer sans danger, d'arrêter le vibreur. Il vous suffira d'appuyer une fois de plus sur le bouton. Les musettes contiennent des vivres, des armes, des outils, une caméra et des pièces de tissu gommé pour réparer rapidement tout accroc fait au " scaphandre du temps ". C'est ainsi que j'ai baptisé ce costume. Le sac vous permettra de rapporter de vos explorations des objets ou de menus êtres vivants. »

Saint-Menoux ne songeait plus à s'étonner.

— Vous me dites toujours « vous » fit-il cependant remarquer. Ne viendrez-vous pas avec moi?

— Hélas, comment viendrais-je? répondit l'infirme dont le front s'était assombri.

Il montra du doigt ses moignons : « Je ne peux même pas me tenir debout. »

— Mais, alors, tout ceci n'a pas encore été essayé?

— Si, par moi! dit en souriant Annette qui venait d'entrer dans la pièce.

Saint-Menoux la regarda avec étonnement. Il n'aurait pas imaginé qu'elle pût prendre une part active aux recherches de son père. Son étonnement éveilla son attention, lui fit voir la jeune fille, le temps d'un éclair, telle qu'elle était, à la fois frêle et solide, de chair pleine et tendre, radieuse.

— Vous êtes si..., commença-il...

Il allait dire « si jolie ». Il s'aperçut que son compliment était aussi une absurdité. Il s'arrêta et rougit.

— Ces essais nous ont montré, reprit l'inventeur, que le voyage dans le temps s'accompagne d'un voyage dans l'espace. Mais si mon appareil commande le premier, le second semble être déterminé par les désirs ou des souvenirs inconscients. Vos expériences vous permettront sans doute de connaître assez vite le processus de ces déplacements. Quand commencez-vous, mon cher ami?

Saint-Menoux, pris de court, ne sut que répondre. Invité à l'action, il sentait naître en lui une âme craintive de cobaye. La paisible assurance de l'infirme, au lieu de le tranquilliser, le terrifiait. L'horreur provoquée en lui par le récit de la radio renaissait et le submergeait. De toute évidence, sa vie n'importait pas plus au savant que celle du dernier coolie. Vers quel inconnu terrifiant était-il invité à se précipiter?

Il crut voir dans les yeux d'Essaillon une avidité

qui l'épouvanta, et qui, devant son silence, faisait place peu à peu à une sévérité pleine de menaces.

Il se détourna, considéra le scaphandre étalé sur le marbre rose, prit un air dégagé qui lui allait fort mal, pinça l'étoffe d'une manche, la souleva, la laissa retomber, et dit d'une voix pointue :

— Pas aujourd'hui, non, décidément, pas aujourd'hui. J'ai trop mangé, et surtout trop bu. Je ne me sens pas maître de moi. Je risquerais de voir l'avenir en double...

Il se mit à rire, tout heureux de s'en tirer par une plaisanterie. Il prit congé de ses hôtes, et se mit à courir dans la neige. Il respirait avec une joie de noyé rappelé à la vie.

A peine Saint-Menoux fut-il couché, ce soir-là, que le remords le prit. Comment osait-il avoir peur, alors qu'Annette, cette enfant, s'était livrée sans crainte aux expériences ? Et s'il y avait quelque danger, la prodigieuse aventure ne valait-elle pas qu'il en courût le risque?

Il se reprocha d'avoir eu de mauvaises pensées à l'égard de son hôte. Il était normal qu'Essaillon se montrât impatient de connaître, normal aussi qu'il se livrât sans émoi à des expériences cruelles. La tâche prodigieuse qu'il s'était fixée justifiait tout.

Pierre mit sur le compte de l'alcool sa méfiance envers le savant, et sa peur au moment d'agir. Il s'endormit tard, se leva avant le jour, éternuant aux quatre coins de la chambre glacée.

Il descendit au bar-bougnat, fut heureux d'y trouver M. Michelet, qui l'aida à tuer le temps par un nouveau récit de ses malheurs. L'architecte, ravi, l'entraîna de l'autre côté du boulevard, au pied de son chef-d'œuvre, lui en fit admirer tous les détails. Le toit était recouvert de carreaux vernis de différentes couleurs, disposés en mosaïque. Celle-ci représentait un petit chat qui jouait, une patte en l'air. Huit cheminées noires portaient chacune, à leur faîte, un animal de faïence; un moineau gros comme une dinde; un taureau de même taille, un bouledogue, un pigeon, un coq, un papillon, un paon et une carpe. Aux quatre coins du bâtiment se dressaient des clochetons surmontés chacun d'une boule de cuivre. Des personnages en ronde-bosse ornaient la façade. Une chasse à courre se déployait à la hauteur du premier étage. Le cerf avait mis une fenêtre en ogive entre la meute et lui. Une rangée de cors de chasse soutenait le toit en surplomb.

— C'est tout de même plus moderne que les feuilles d'acanthe! dit M. Michelet.

Ce novateur n'avait sacrifié à la tradition que pour l'ornement de la porte d'entrée, surmontée de trois têtes classiques de méduse. Il commençait un discours sur la noble allure des deux marches d'escalier qui menaient à ladite porte, quand neuf heures sonnèrent à un clocher proche. Saint-Menoux planta là l'architecte.

Une demi-heure plus tard il sonnait au nº 7 de la rue Racine et se déclarait prêt à commencer les expériences, sans perdre une minute.

A dix heures trente, debout au milieu du laboratoire, il bouclait sur lui la dernière courroie du sac tyrolien. Annette, un peu angoissée, vérifiait tout son équipement. Haut et maigre, vêtu de ce vert agressif, il ressemblait à un tronc d'arbre recouvert de mousse. A travers ses lunettes il vit Essaillon lui faire signe : « Allez! » Il appuya sur le bouton de départ.

Au moment où il appuyait, il éternua. Son doigt glissa sur le bouton et n'y exerça pas une franche pression. Il lui sembla que ses yeux et ses oreilles se détachaient de son visage, ainsi que sa langue, dont il sentit la chaleur fuir devant lui. Son nez gonflé de rhume s'arracha de sa tête comme une dent cariée. Il se trouva extraordinairement soulagé. Il ne posait plus sur ses pieds. Son corps avait une légèreté de cendre. Sa tête était une bulle.

Il se sentit devenir poreux, envahi par une subtilité dévorante. Ce fut sa dernière impression. Le poids même de la pensée le quitta.

Lors des expériences auxquelles s'était livrée Annette, Essaillon avait vu sa fille disparaître d'un seul coup, quitter sans transition le monde accessible à ses sens. Aussi devina-t-il qu'il se passait quelque chose d'anormal lorsque, devant ses yeux, Saint-Menoux devint pareil à une fumée, à l'esquisse de sa propre forme. Une force verticale étirait ce fantôme vers le haut, le tordait en spirale, le secouant, tentait de l'arracher du plancher où ses pieds adhéraient. De seconde en seconde, il devenait plus ténu, plus transparent.

— Vite! cria le savant, Annette, la lampe 8!

La jeune fille se précipita vers un interrupteur. Un énorme tube s'alluma au plafond. Une lumière violente, sanglante, envahit la pièce, chassa la clarté du jour, la poursuivit en dehors des fenêtres, brûla la neige, fit craquer les arbres, envahit les jardins, submergea les villas, gagna tout le quartier, monta à l'assaut du ciel. Les passants levaient le nez, s'arrêtaient une seconde, haussaient les épaules, « C'est encore cette saloperie de guerre! » Rien ne les étonnait plus. Le lendemain, les journaux signalèrent l'aurore boréale, et l'abbé Moreux fit une déclaration sur les taches solaires.

Dans le laboratoire, les objets étaient devenus incandescents. En quelques secondes, le fantôme de Saint-Menoux s'était raccourci, contracté, immobilisé, épaissi. Le jeune professeur, semblable à un tison, se dressait, solide, devant l'infirme. Il acheva son éternuement. Essaillon tendit une main ardente, appuya sur le bouton de retour de l'appareil.

— Ferme! cria-t-il à sa fille.

La lumière rouge quitta les nuages, les rues et les toits, rentra par les fenêtres, se résorba dans le tube qui s'éteignit.

— Tiens! Eh bien, vous voyez, je n'ai pas changé de place, dit à travers l'étoffe du scaphandre la voix de Saint-Menoux.

— Ni de temps, mon cher ami, répondit Essaillon.

— Ah! je me croyais arrivé.

— Non, vous n'êtes pas parti.

Le jeune homme ouvrit la cagoule et exprima sa déception.

L'examen de l'appareil, la confrontation des souvenirs d'Annette avec les impressions de Saint-Menoux permirent au savant de deviner ce qui s'était passé.

— C'est passionnant! dit-il. Vous n'avez pas appuyé à fond sur le bouton. Vous avez reçu une impulsion trop faible et quitté votre temps sans pouvoir en atteindre un autre! Vous êtes resté coincé entre le présent et le futur! En somme, vous étiez au conditionnel!

Il frappa sur le bras de son fauteuil. Il riait comme un enfant. Sa barbe ondulait en marée d'or. Saint-Menoux comprenait lentement à quel danger il venait d'échapper. Il ne trouvait pas cela très drôle. Il n'éprouvait pas, pourtant, une véritable crainte, mais un effroi purement intellectuel. Son corps se souvenait avec délices de ce départ exquis, de cette explosion éthérée de ses sens. Il ne put résister à l'envie de recommencer tout de suite. Il ferma la cagoule, ajusta les lunettes, fit « au revoir » de la main à ses hôtes, et, cette fois, appuya à fond sur le bouton.

Il manqua de tomber. Son pied avait heurté une marche. Il n'y voyait rien. Il se rappela qu'il avait réglé son appareil pour un voyage d'une demi-journée seulement dans l'avenir. L'infirme lui avait conseillé de ne pas aller trop loin pour la première fois, et de fixer son arrivée à la nuit, pour passer plus facilement inaperçu.

L'obscurité qui l'entourait lui montra qu'il était arrivé. Il s'étonna de la facilité de son passage, sans transition, du présent au futur. Il n'avait rien ressenti. Si l'appareil fonctionnait exactement, il devait se trouver vers onze heures du soir. Mais où?...

Il retira ses lunettes, pour essayer de voir plus clair. Une vague odeur frappa ses narines; une odeur qui lui parut familière. Ça sentait à la fois l'encaustique et le water-closet, avec un fond douceâtre de chou-fleur cuit. Brusquement, il devina. Il étendit la main, reconnut la rampe de bois. Il était dans l'escalier de son hôtel!

Il se mit à rire dans le noir. Il eut envie de crier au feu pour réveiller toute la maisonnée. Ses réflexes d'homme convenable l'en empêchèrent. Il était pourtant trop joyeux de la réussite de l'expérience pour laisser les choses se passer simplement. Il était joyeux comme un enfant qui se sert pour la première fois d'un jouet. Il demeurait d'ailleurs à beaucoup d'égards naïf et simple comme un enfant. La seule fréquentation des mathématiques ne mûrit guère le cœur ni le caractère. Il résolut d'aller faire une farce à M. Michelet. Il passerait à travers la porte, lui chatouillerait les pieds, lui tirerait la barbe. Quelle magnifique invention!

Il allait commencer de monter les marches quand la minuterie s'éclaira. Quelqu'un entrait. Il mit le doigt sur le bouton du vibreur, mais se rappela à temps qu'il avait quitté les lunettes. Pendant qu'il les rajustait, les mains tremblantes de hâte, la porte du couloir s'ouvrit et Saint-Menoux aperçut, montant vers lui quatre à quatre... Saint-Menoux.

Il en eut la respiration coupée. L'autre lui-même, celui qui arrivait, vêtu comme tous les jours, lui souriait, heureux de son étonnement. La rencontre ne le surprenait pas. Il était déjà au courant. Il était plus vieux de douze heures... Les deux Saint-Menoux se trouvèrent bientôt face à face, sur l'étroit palier, entre deux étages. La lampe de la minuterie les éclairait d'une lumière jaune. Saint-Menoux-scaphandre ne revenait pas de son émotion. Son cœur battait à grands coups entre ses côtes. Il se considérait avec des yeux avides. Il ôta ses lunettes, puis ses gants.

Saint-Menoux-pardessus le regardait, avec un sourire ravi, accomplir les gestes qu'il connaissait. Il se prêtait avec complaisance à l'examen. Il pirouetta sur lui-même pour bien se montrer sur toutes les faces. Saint-Menoux-scaphandre reprit enfin son souffle.

— C'est... C'est donc toi, dit-il.

— Tu devrais dire « C'est donc moi »! répliqua l'autre.

Il lui donna une bourrade dans les côtes. Saint-

Menoux-scaphandre sourit, lui rendit sa bourrade. Ils se mirent à rire tous les deux, d'abord douce-ment, puis sans retenue, à se tordre. Ils se donnaient de grands coups sur les épaules. Leurs rires emplis-saient la maison. La minuterie s'éteignit. Ils mon-tèrent bras dessus, bras dessous, dans l'obscurité, l'escalier qu'ils connaissaient bien. Ils avaient encore des hoquets de rires. Les cloisons, autour d'eux, résonnaient des coups de protestation.

Quand ils furent assis tous deux, côte à côte, sur le bord du lit, leurs mains posées de la même façon sur leurs genoux maigres, il s'aperçut qu'il ressentait un bonheur extrême, une satisfaction chaude de cœur à laquelle s'ajoutait un sentiment de sécurité. Peut-être avait-il connu pareille joie au temps de son enfance, lorsqu'il venait, essoufflé par les jeux, chercher la paix dans les bras de sa mère. Il n'avait jamais, depuis, rencontré un être digne d'une semblable confiance. Il venait, à l'instant, de le trouver, le compagnon parfait, celui que les hommes cherchent en vain, l'âme jumelle. Entre eux, point de mensonge, de fausse pudeur. Et leur égoïsme, c'était justement ce qu'ils partageaient le mieux. Il s'embrassa. Il éprouva une étrange émotion à sentir, dans ses quatre bras, ses deux poitrines vivantes. Comme il faisait froid, ils se déshabillèrent, se glissèrent dans le lit étroit que leur double présence réchauffa bientôt. Il se gardait bien de parler. A quoi bon puisqu'il se connaissait tout ? Chacun ne fait que se chercher, toute sa vie, à travers les femmes et les hommes. Lui s'était trouvé.

La puissance de leur joie les garda du sommeil. Ils auraient voulu ne plus jamais se quitter. Mais le temps de leur rencontre ne devait pas dépasser les douze heures qui séparaient Saint-Menoux en deux.

Sans quoi, le second lui-même allait disparaître.

Vers neuf heures ils se levèrent. Il eut un moment d'angoisse quand il dut déterminer lequel des deux allait reprendre le scaphandre. Il se confondait. Enfin, il sourit. Posant une main sur son estomac, il tendit l'autre vers son double.

— C'est toi, dit-il. Je me rappelle, j'ai mangé hier soir chez Essaillon. Il y avait du civet. Je ne l'ai pas bien digéré.

Essaillon s'essuya la bouche et demanda :

— Avez-vous compris pourquoi vous étiez arrivé dans l'escalier de votre hôtel ?

— Ma foi non ! répondit Saint-Menoux, qui attaquait le civet. Je ne me suis même pas posé la question.

— Je suppose que vous n'aviez fixé votre pensée sur rien. C'est votre corps qui a décidé. Il avait l'habitude de monter ou de descendre ces marches plusieurs fois par jour, automatiquement, sans que votre esprit prêtât la moindre attention au mouvement de vos jambes. Votre esprit absent au moment de votre départ, votre corps s'est mis en marche par un mouvement familier, et vous a entraîné là-bas.

— C'est bien possible, dit le jeune homme. Demain je tâcherai de mieux me diriger.

Il était distrait, et pressé de partir.

Le repas terminé, il baisa la main d'Annette, serra la paume grasse du savant, et s'en fut. Le voyage, dans le métro, lui parut interminable. A peine sorti de la station, il se précipita vers son hôtel, courut dans le noir jusqu'au bout du couloir, appuya sur le bouton de la minuterie, poussa la porte vitrée, leva la tête.

A dix marches de lui, Saint-Menoux vêtu de vert, effaré, le regardait monter !

Pierre vécut pour la deuxième fois cette nuit de rencontre avec lui-même. Son double reparti vers le passé, il reprit le chemin de la villa Racine. Il s'était quitté avec déchirement. Mais il se retrouverait quand il voudrait. Il portait en lui l'objet de son regret. Il ne s'était séparé que pour mieux se confondre. Il rêva d'une combinaison qui lui permettrait de se rencontrer, non plus à deux Saint-Menoux, mais à trois, peut-être davantage. Il se vit groupe, foule, multitude. Il peuplait la terre à lui tout seul. Quelle concorde! Le Paradis doit être ainsi. Tous les élus, dans le sein de Dieu, ne forment qu'un seul être.

— Pouvez pas vous pousser, non? s'pèce d'échalas!

Une marchande de quatre saisons, en jupe noire plissée, le bousculait de son ventre et de ses tétons. Un monsieur qui tenait une serviette sous le bras lui plantait un coude dans les côtes. Le capuchon de la dame en vert lui chatouillait le cou. Il sentait contre son derrière la tête d'un enfant. Le métro était plein comme un couffin de figues. Vingt-sept personnes montèrent encore. Les employés du quai bourrèrent les dernières à grands coups de fesses.

D'accord avec le savant, Saint-Menoux décida, ce jour-là, de faire un saut plus important dans l'avenir. Il disposa les réglettes sur les curseurs pour un voyage d'un mois et d'une demi-journée supplémentaire pour arriver la nuit. Midi allait sonner lorsqu'il se trouva prêt à partir.

— Rappelez-vous, lui recommanda Essaillon, ce que je vous ai dit hier soir. Si vous ne voulez pas arriver n'importe où, tâchez de fixer votre pensée sur quelque chose.

— C'est bien facile, répondit Saint-Menoux.

Il posa le doigt sur le bouton de départ et se

demanda à quoi il pourrait bien penser. Rien ne l'intéressait d'une façon particulière. La première image qui se présenta à son esprit fut celle de la place de la Concorde. Comme il allait appuyer sur le bouton, il s'aperçut qu'il était déjà très loin de la place. Il s'était représenté l'image des pavés. Leur assemblage lui avait rappelé la solution graphique d'un problème, le papier sur lequel il l'avait dessinée, le marchand qui lui avait vendu ce papier, le cinéma qui se trouvait à côté de la boutique, le visage de Tino Rossi sur les affiches. Il se surprenait à fredonner *Veni, veni, veni...*

Il revint à la place de la Concorde. Les fiacres lui suggérèrent crottin, le crottin fumier, le fumier labours.

Cette succession d'images se déroulait dans son esprit à une vitesse effarante.

Il retourna une troisième fois à la place où se dresse l'Obélisque. L'Obélisque lui rappela les Pyramides, les Pyramides Napoléon, Napoléon Joséphine, Joséphine un hamac, le hamac un marin, le marin la mer, la mer les huîtres, les huîtres un citron.

Furieux, il appuya sur le bouton alors qu'il ne savait plus où il en était.

Très faiblement éclairé et coloré en vert par ses lunettes, il aperçut, au-dessus de lui, un plafond auquel pendait un lustre. Il se trouvait couché. Un parfum de femme reposant dans sa tiédeur parvint à ses narines, à travers sa cagoule. Des couvertures légères couvraient son corps; un bras, à peine plus lourd, était posé sur sa poitrine. Il tourna lentement la tête : Annette dormait contre lui.

Couchée sur le côté, elle dormait, le visage détendu, la respiration lente. Ses deux tresses brunes dessinaient une arabesque sur le drap brodé. Son corps allongé touchait celui de Pierre. Il en sentit les douceurs rondes, un sein sur son bras droit, une cuisse contre sa cuisse. Elle dormait, abandonnée, confiante. La porte close défendait son repos, et la veilleuse éloignait les rêves noirs. Avec ses grands os et ses vêtements rudes, il s'était planté comme une épine dans la chair tendre de cette nuit de vierge.

Il sentait, à travers toutes ses étoffes, la tiédeur, la rondeur, le tendre poids de ce corps voisin pénétrer son corps, l'arrondir, le garnir de douceur et de volume. Et son cœur battait d'un grand émoi. Il sut aussitôt qu'il aimait Annette. Sans doute avait-il été trop occupé pour s'en apercevoir plus tôt. En temps normal, il ne se souciait pas d'aimer, si ce n'étaient les combinaisons infinies des chiffres et des figures abstraites qui ravissaient son esprit. Et depuis qu'il avait rencontré Essaillon, il éprouvait cette passion qui étouffe toutes les autres chez ceux qu'elle anime : la curiosité scientifique. Son amour pour Annette était né en lui sans qu'il y prît garde, et voilà qu'il l'entraînait, à travers le temps et l'espace, à l'endroit même où il espérait trouver satisfaction. Pierre jugea que son cœur et son corps se conduisaient en soudards. Mais le bonheur qui l'inondait chassa le remords.

C'était autre chose que la joie égoïste et stérile de la nuit précédente : un bien-être physique incomparable, de l'or dans les veines, un soleil dans la poitrine...

Un soleil... Oui, il se sent glorieux comme le soleil sur la moisson. Et une envie folle monte en lui de prendre entre ses bras Annette douce et tendre, Annette ronde comme un fruit, abandonnée près de lui. Mais s'il bouge, elle s'éveille et crie, terrifiée...

La puissance de son amour gonfle ses muscles, accélère son sang, fait ronfler ses tempes. Ses oreilles brûlent. Il les devine écarlates. Ses mains ardentes suent dans les gants. Il n'ose remuer un cil. Il est éperdu de joie et de honte. Il aime. Une crampe lui mord la cuisse. Le parfum de la jeune fille le pénètre. Sa torture égale sa félicité. Il pense aussi qu'il est inconvenant de s'introduire dans le lit de la femme adorée avec ses bottes.

Annette rêve. Elle est au bord de la mer. Une tour de marbre blanc s'élève entre les vagues. La fine dentelle d'un escalier en colimaçon s'enroule autour d'elle, jusqu'aux nuages. « Surtout, n'oublie pas les trois onces de fleur de mercure », lui dit son père. Les vagues dorées de la barbe du savant caressent le bas de la tour. Un cortège d'enfants vêtus en marquis monte l'escalier. Les trois onces sont là-haut, tout à fait au sommet. Pierre descend, en parachute, une mitraillette au poing. « Pierre... », soupire-t-elle. Elle s'éveille à demi, ouvre les yeux. Pierre fond sous sa main. Elle s'étend, écarte ses bras et ses jambes. Tout son corps repose. Elle est bien, elle dort...

Au soupir d'Annette, Saint-Menoux avait appuyé sur le bouton du vibreur, qu'il n'avait pas utilisé lors de son premier voyage. Le monde visible s'était aussitôt transformé. L'abat-jour rond de la veilleuse devint parabolique, le lit doubla de largeur, et le visage d'Annette s'étira comme dans une glace de Luna-Park. Pierre fit les gestes nécessaires pour se lever. Mais au lieu de se dresser, il passa à travers le lit, se retrouva sous le sommier, glissa de côté, s'immobilisa, eut enfin l'impression de se trouver assis au milieu de la chambre. Devant lui, à l'endroit où auraient dû s'étendre ses cuisses et ses jambes, il n'y avait que l'air transparent. Avec angoisse, il se tâta. Il se sentit dur, présent. Mais quand il mit la main devant ses yeux, rien ne cacha à son regard le tiroir entrouvert de la commode. Il dut se rendre à l'évidence : il ne se voyait point. Essaillon avait oublié de le prévenir. Lui-même aurait dû le deviner : les lunettes lui montraient le temps où il ne se trouvait pas. Elles ne pouvaient lui transmettre son image.

Quand il voulut se lever et marcher, il s'enfonça à moitié dans le plancher, puis remonta lentement jusqu'au plafond dans lequel sa tête disparut. Il ne pesait pas sur ce monde qui n'était pas le sien. Seuls ses élans musculaires le projetaient à droite, à gauche, en haut, en bas, sans qu'il pût prendre appui sur rien. Il s'agita longtemps en vain, avant de parvenir à se diriger. Quand il levait le pied pour marcher, l'élan de sa jambe entraînait celle-ci vers le haut, et Pierre se mettait à tourner comme les ailes d'un moulin sous la brise légère. Il rassemblait ses membres, se détendait, partait en grenouille à travers un mur...

Il s'habitua peu à peu à sa nouvelle façon de se mouvoir, et à l'étrange sensation de posséder un corps solide, chaud, que ses mains tâtaient, mais qui n'existait pas pour ses yeux. Il parvint à peu près à aller où il voulait. Il jetait un membre en avant, se laissait emporter par l'élan que rien ne freinait. Un geste du bras l'entraînait à travers des maisons fantômes.

Au premier geste qui l'emporta, il fut soulagé de retrouver la nuit. Il ne se voyait pas mais il ne voyait rien d'autre. Il n'était pas différent de n'importe quel Parisien aventuré sans lampe dans le black-out. Sauf qu'il ne risquait point de chute ni de bosse. La nuit ne lui ménageait pas de surprise, ne pouvait mettre sur son chemin aucun obstacle. Le monde matériel avait perdu pour lui toute consistance.

Quand il regardait la lumière, il avait l'impression, tant le vibreur déformait l'apparence des choses, d'errer parmi les images d'un film projeté par une lanterne biscornue.

Il put commencer à regarder autour de lui. Il vit, dans des lits transparents, des couples ovoïdes se débattre. Il entra par le plafond dans une boîte de nuit en sous-sol, minuscule, dont les murs recouverts de glaces s'efforçaient à multiplier l'étendue. Il descendit au milieu d'une table, s'arrêta. Sa cuisse gauche devait traverser le seau à champagne, sa main droite pendait dans le crâne congestionné d'un buveur. Et la bouche de cette fille saoule, qui riait aux éclats, se trouvait exactement à la place de son foie. Il se dressait invisible et solide, au milieu d'un univers visible et mou.

Il lui sembla voir dans la glace un objet étrange. Il y arrêta son regard, reconnut avec ahurissement deux yeux, à deux pas de lui, deux yeux sans visage, aussi grands que des œufs au plat, deux yeux ronds avec les sourcils et le commencement des joues.

Il s'approcha lentement. Lentement, les yeux s'approchèrent, suspendus dans l'espace comme deux poissons-lune dans un aquarium. Un frisson parcourut le dos de Saint-Menoux. Mille craintes ébranlèrent ses certitudes rationnelles. Ces yeux, horrible reste, étaient-ils la forme d'une âme en peine, d'une larve, d'un démon, que l'étonnant appareil rendait visible à ses yeux de mortel? Depuis combien de temps erraient-ils dans l'espace, à la recherche de quel paradis, de quel purgatoire, condamnés à quelle abominable pénitence?

Saint-Menoux sentait l'horreur le glacer. Il venait de pénétrer dans le grand mystère du royaume qui n'est pas de ce monde. Les yeux, immobilisés à la hauteur de son visage, le fixaient. Il faillit crier. Alors que les vivants qui grouillaient autour de lui étaient incapables de le percevoir, ces prunelles fantomales le voyaient, le regardaient dans les yeux, avec une expression d'indicible stupéfaction et de dégoût.

Était-il donc si laid, si pitoyable? Il se sentait percé par ce regard jusqu'au fond de son âme misérable. Il retrouva la crainte puissante qui l'avait étranglé quand il avait dû, pour la première fois, enfant, s'ouvrir au confesseur. Deux larmes lui vinrent. Il vit les mêmes briller dans les prunelles flottantes. Soulagé, sans transition, il éclata de rire. Il avait compris. Il cligna de l'œil gauche. En face, l'œil droit se ferma. Il renifla, se traita d'idiot. C'étaient ses propres yeux dont le miroir lui renvoyait le reflet, ses yeux, la seule partie de son corps qu'il pût voir, parce que leur image traversait les lunettes dans les deux sens!

Il poussa un profond soupir. Il retrouvait son équilibre. Pas de mystère. Qu'allait-il chercher? Il n'y a que la science... Il fut heureux de s'apercevoir enfin, si peu que ce fût. Les yeux ronds sourirent.

Il avait presque oublié le lieu où il se trouvait. Il regarda de nouveau autour de lui. Les visages blafards des noceurs se multipliaient dans les glaces, ondulaient comme des vessies agitées par le vent. Les lumières s'éteignirent. Une chanteuse nue ondoya, livide, dans le faisceau d'un projecteur. Elle pleurait des mots qui se mélangeaient les uns aux autres. Son nombril était grand comme une bouche. Dans l'ombre grouillante, la foule des dîneurs ricanait et mâchait.

Saint-Menoux s'en fut lentement, traversa sans le troubler le faisceau de lumière, puis le miroir, un placard de vaisselle, l'eau sale de la plonge, une voûte, une cave obscure, des mètres de terre et de ciment, et se trouva sur le quai d'une station de métro fermée. Il enfila une galerie vide, sinistre, éclairée par deux ampoules nues. Un train passa sur la voie. Cinq cents personnes comprimées traversaient en trombe ce monde désert. Un rat, plus haut qu'un porc, disparut dans un trou d'épingle.

D'une détente, Saint-Menoux quitta le sous-sol, monta jusqu'au faîte d'une maison bourgeoise, vit au passage une femme mûre compter ses cuillères et se coucher entre deux jambons. Son mari quittait sur la pointe des pieds la chambre voisine, montait retrouver la soubrette en bigoudis, la payait d'une tranche de veau froid. Le voyageur poursuivit sa promenade. Il glissait dans l'espace, parfois les pieds en l'air, ou le ventre à l'horizontale, pelotonné comme un flocon, ou étendu à la façon d'un oiseau planeur. Il entrait la tête la première dans les chambres fermées à triple tour, découvrait les hommes au moment où ils abandonnent leurs attitudes et se montrent tels qu'ils sont. Les hommes et les femmes seuls, et les ménages qui depuis des années ne se cachent plus rien, se déshabillaient devant l'invisible témoin. Peut-être le vibreur les montrait-il plus laids qu'ils n'étaient en vérité, déformés, écroulés, enflés, décolorés, mais Saint-Menoux, peu à peu, oubliait ses lunettes, et ne faisait plus de différence entre sa vision et le réel. Il vit le linge gris quitter des peaux grises, dénuder des cuisses maigres, tordues, des ventres gonflés où l'ombilic pointait. Des plaques noires marbraient les pieds. Des seins énormes flottaient comme chiens en Seine, d'autres, plats, rampaient jusqu'au sol. Des orteils aux ongles en vis s'emmêlaient sous les lits, des bras osseux se dépliaient, se repliaient, menaçaient les murs de leurs coudes, des chevelures verdâtres étalaient sur les oreillers leurs pseudopodes visqueux, des mains pendantes grattaient des forêts de poils, touchaient des sexes flétris. Avant de se coucher, l'épicière, dans son arrière-boutique, allongeait son vin, enlevait à chaque ration de café deux grains gros comme des pains, trois briques de sucre à chaque kilo.

Pierre alla jusqu'à l'autre bout de la ville. Il jaillissait d'un mur à l'autre, à travers les rues sans lune, se laissait emporter par son élan à travers les pièces éclairées et les pièces obscures. Dans les appartements à tapis de laine et rideaux de soie, il vit des spectres en déshabillés de satin quitter leur beauté devant la glace, se coucher avec des ventres en plis et des boues sur le visage. Dans les grandes casernes de briques où s'entassent les pauvres, les mères de famille harassées comptaient les pommes de terre, et coupaient en feuilles transparentes le pain du lendemain.

Chez les bourgeois et chez les misérables, il retrouvait la même immense fatigue. Hommes et femmes, du même geste las, éteignaient la dernière lampe, et s'étalaient dans la nuit.

La résignation au gagne-pain, à la richesse, à la misère, aux jours perdus, au temps trop court, aux espoirs vagues, aux femmes, aux maris, aux patrons, aux plaisirs, à la peine, écrasait de son poids ces millions de corps allongés, qui ronflaient, grinçaient, gémissaient, se recroquevillaient, se détendaient, en poses grotesques, sans parvenir à trouver, pour une seconde, la paix.

Pierre avait oublié la douce chambre d'Annette. Il découvrait l'humanité. Il se passionnait à son voyage, se penchait sur les hommes, ses frères. Il trouvait parfois, dans la crasse d'un taudis, ou la luxueuse froideur d'un berceau de riche, le visage paisible d'un enfant. Il s'attardait sur ce miracle, se demandait comment une si belle promesse pouvait pareillement faillir.

Peu d'enfants étaient enlaidis par le vibreur. Quelques-uns ressemblaient déjà aux vices de leur père. Les autres, la plupart, paraissaient des êtres neufs. Rester enfant, était-ce le grand secret du bonheur ? Saint-Menoux comprit l'énormité de la tâche qu'il venait d'entreprendre en compagnie d'Essaillon. Il douta de pouvoir faire quelque chose pour les hommes.

Il traversa en reniflant une salle d'hôpital. Il ne

sentait rien. Dès qu'il avait appuyé sur le bouton triangulaire, il s'était trouvé coupé des odeurs du monde. Il ne prêtait guère attention, d'habitude, aux sensations olfactives. L'absence des odeurs lui avait rappelé leur existence comme un plat non salé rappelle la présence du sel dans les mets où son goût s'efface.

Le taudis où dormaient six personnes, la rue parcourue par le vent de nuit, l'urinoir désert où chantait l'eau contrainte, la combinaison abandonnée par la femme coquette ne sentaient rien. Ni cette salle emplie de la souffrance, qu'il traversait à pas volants. Le vibreur soudait les uns aux autres les lits en une grande plate-forme. La lumière triste de la veilleuse éclairait un étalage de membres taillés, d'abcès volcaniques. Des bandes-serpents étranglaient les restes de vie, des sphères de coton étouffaient les derniers souffles. A travers les baillons montaient des cris, la vague des gémissements, et les râles des mourants du petit matin. Ces blessés, ces pourris qui se battaient contre le mal et le remède, qui criaient à effrayer la mort, qui devaient puer l'éther et la charogne, restaient fades comme un cauchemar.

Dans une cabine vitrée, l'infirmière de garde, effondrée en un tas blanc autour d'une chaise, une canule dans la main, un sourire sous sa moustache, dormait.

Saint-Menoux, affreusement las, jugea qu'il en avait assez vu. Il regagna la rue. Au milieu de la chaussée, il arrêta le vibreur, tomba sur son derrière. La nuit froide claqua contre lui. D'une bouche d'égout montait une buée chaude. Avec joie, il en huma la puanteur. Il se releva en se frottant le séant. Le givre craquait sous ses pieds. Le vent avait emporté les nuages. Les maisons vaguement éclairées par les étoiles avaient repris leur masse opaque. Saint-Menoux posa sa main sur le fût d'un lampadaire coiffé, très haut, d'une ampoule chlorotique. A travers le gant, il sentit la fonte glacée, solide. La lumière chiche éclaira ses bottes, ses cuisses vertes, son ventre, sa poitrine, avec la raie luisante de la fermeture-éclair. Il sourit à son corps retrouvé, leva les mains, doigts écartés, fit devant ses yeux ravis les petites marionnettes. Des pas crissèrent sur le sol gelé. A trois mètres, apparut un couple de gardiens de la paix. Pierre éclata de rire. L'indignation arrêta net la promenade des agents. Rire pendant le couvre-feu! Ils sifflèrent et bondirent, ne trouvèrent que le vent.

Saint-Menoux se garda de raconter à Essaillon et à sa fille son intrusion dans le lit de cette dernière. Il relata son voyage à travers la ville, se plaignit de la déformation que les lunettes et les écouteurs imposaient au monde et à ses bruits. Il souffrait d'une migraine qui lui enflait les yeux. Il gardait un ronronnement dans les oreilles. Il prit des cachets, dormit dix heures. A son réveil, il se trouva soulagé et put tirer la conclusion de l'expérience.

— Nous nous lançons dans une aventure impossible, dit-il au savant. Il n'y a certainement rien à faire pour arracher les hommes à leurs misères.

— Entendons-nous bien, l'interrompit Essaillon, impatient. Je ne prétends pas réformer les hommes et éviter à chacun les souffrances qu'il se fabrique. Mais nous pourrions peut-être éviter à tous quelques grands malheurs collectifs. Nous ferons ce que nous pourrons. Nous ne sommes pas le bon Dieu.

Saint-Menoux ne demandait qu'à se laisser convaincre. C'était la fin du repas. Essaillon vida, en fermant les yeux de plaisir, un grand verre de fine. Pierre but une gorgée, s'étrangla, toussa, devint violet.

— Connaître! Connaître! Tel est notre premier devoir, s'exclamait l'infirme, lyrique. Vous aurez bientôt de nouvelles lunettes, des écouteurs perfectionnés. Goûtez donc cette liqueur de prunelle. Une merveille. Elle vous sera peut-être plus douce au gosier. Il faut continuer les expériences, vous familiariser entièrement avec l'appareil et, bientôt, plonger très avant dans l'avenir. J'ai hâte de savoir quel sera le sort des arrière-petits-enfants de nos arrière-petits-enfants.

Saint-Menoux, très sérieux, écoutait et regardait le savant placé en face de lui. Jamais il ne lui avait paru si gros. Son ventre commençait vraiment à ses épaules, soulevait sa barbe presque à l'horizontale. La lumière de la fenêtre éclairait Essaillon de dos, révélait au sommet de son crâne un petit ourlet de duvet transparent, traversait ses oreilles, qui, légèrement écartées, rondes, bien ourlées, grassouillettes, surgissaient du flot de la barbe comme des coquillages lumineux.

Annette était assise à la droite de Pierre. Il osait à peine tourner ses regards vers elle. Il se rappelait plus la honte que le bonheur éprouvés. Il aurait voulu oublier le tout, ne pas se forger, lui aussi, son malheur. Comment la jeune fille, si belle, si fraîche, aurait-elle pu l'aimer? Il savait qu'il ne possédait pas assez de chair sur trop d'os, que ses petits yeux clairs aux cils sans couleur, ses cheveux d'étoupe, plats et ternes, qui s'obstinaient à lui tomber en mèches obliques sur le front, n'offraient rien de séduisant, que son teint évoquait la maladie plus que la joie, qu'il était un peu tordu et ridiculement grand. Il aurait voulu descendre sa tête de vingt centimètres. Annette lui arrivait à peine plus haut que le téton.

Il s'en fut au laboratoire en boitillant. Les bottes lui avaient échauffé les pieds et procuré une ampoule. Annette poussa son père, que la digestion essoufflait. Pendant que Pierre enfilait le scaphandre, elle le regardait avec une franchise que rien ne troublait. S'il eût été moins naïf et plus sûr de lui, il eût puisé, à ces regards, l'allégresse.

Elle ne lisait point de romans. Elle n'avait peut-être jamais vu écrit le mot « amour ». Éduquée par son père, elle avait déjà poussé très loin l'étude des sciences à l'âge où les enfants jouent, et avec le même plaisir. Le laboratoire remplaçait les contes de fées. La réalité du monde ne lui apparaissait pas solide. Elle avait vu trop de choses se transformer entre les doigts magiques de son père, le temps s'étirer ou se contracter, les décors de sa vie disparaître, revenir, changer. L'extraordinaire était son domaine normal.

Ce merveilleux quotidien avait conservé à son esprit une fraîcheur enfantine, pendant que son cœur et son corps s'épanouissaient. Le savant s'était peu préoccupé de lui enseigner des règles de vie. Parvenue à son printemps, elle ne cherchait pas à combattre les élans que la nature suscitait en elle.

La nuit de Tremplin-le-Haut avait vu entrer, dans cet univers étonnant qu'elle partageait avec son père, un troisième personnage, maladroit, crotté dans son déguisement de soldat. Elle le devina, avec un sûr instinct, plein de gentillesse et de douceur. Pendant les deux ans, longuement étirés par la noëlite, qu'elle fut séparée de lui, elle ne cessa de penser à ce garçon interminable, au visage blême, qui partageait ses mystères. Elle attendit avec impatience le moment de le revoir. Son père ne s'était pas aperçu qu'elle avait grandi...

Le rire par lequel elle avait accueilli Saint-Menoux était un rire de joie. Il n'avait pas deviné. Il ne s'intéressait qu'aux paroles du savant.

Sans se préciser ce qu'elle attendait, elle savait

pourtant que cela adviendrait. Peut-être la prendrait-il dans ses bras? Elle ne cherchait pas à imaginer les paroles qu'il dirait. Il aurait des gestes gauches... Elle se contentait, pour l'instant, du bonheur d'attendre. Il finirait bien par ouvrir les yeux, par la voir, près de lui...

— Ce qu'il faut, mon petit Pierre, disait Essaillon, c'est parvenir à vous diriger. Pour cela, savoir ce qui vous entraîne. Vous êtes prêt? Allez-y!

Saint-Menoux avait été emporté la première fois par ses jambes, la deuxième fois par son cœur. Pour sa troisième expérience, il voulait que ce fût sa tête qui le conduisît. Il s'efforça d'oublier son corps et ses sentiments, de n'être plus qu'un être pensant. La tête, la tête seule! Il eut l'impression de se trouver devant le néant.

Il partit alors qu'il sautait de l'absence totale de pensée volontaire au déroulement vertigineux d'associations de pensées absolument biscornues.

Au premier coup d'œil, il reconnut le lieu de son arrivée. Quarante visages le regardaient avec stupéfaction, les visages de quarante adolescents, marqués de poils naissants, blonds ou bruns, et de boutons d'acné. Il était debout devant le tableau noir, dans la classe de mathématiques du lycée Philippe-Auguste, dans sa propre classe, où il n'avait plus mis les pieds depuis la venue d'Essaillon.

A dix-huit ans, rien n'étonne. Le fantôme vert qui venait d'apparaître ressemblait fort, par sa taille, sa grosse tête, son dos rond, son torse hélicoïdal, à la caricature du professeur disparu que le matheux Alberès, dessinateur à ses heures, avait rendue populaire. Après la première surprise, ce fut du délire. Les garçons firent claquer les couvercles de leurs pupitres, puis se mirent à chanter, sur l'air des lampions : « Le fantôme avec nous! Le fantôme avec nous! » Le nouveau prof', un jeune intérimaire timide, essaya de rétablir l'ordre avec un « Tss! tss! tss! » que personne n'entendit. Alberès, dit Perpignanais-le-Trapu, grimpa sur sa table et commença une harangue qui charriait les « rr » comme des cailloux. Un encrier lui ferma la bouche. L'intérimaire bondit, ouvrit la porte, partit chercher du secours. Livres, cahiers volèrent à travers la classe. Sautant par-dessus les obstacles, les quarante élèves se précipitèrent vers l'apparition qu'un manuel de géométrie venait de coiffer. Pierre n'eut que le temps d'appuyer sur le vibreur. Le bouquin le traversa et tomba sur le plancher avec un bruit mat qui suivit une clameur désappointée. La porte s'ouvrit brutalement. Un cortège d'ombres rampa jusqu'à la chaire. Malgré la déformation, Saint-Menoux reconnut le proviseur, le censeur, le surveillant général, l'économe et le concierge que suivait l'intérimaire. Ce dernier tremblait tellement que ses contours étaient flous.

A l'arrivée des bedaines, le tourbillon de jeunesse se calma et regagna ses trous. Saint-Menoux s'étonna de la déception que lui causait ce retour de sagesse. Il se sentait redevenir potache. Le même besoin de jouer qui l'avait empoigné à sa première expérience montait en lui, impérieux. Il vola sur la chaire et arrêta le vibreur.

Un délire submergea la classe quand les jeunes gens virent le fantôme vert se baisser, cueillir la perruque du censeur, effacer avec elle les figures tracées sur le tableau et inscrire en grandes lettres : « VIVE LA LIBERTÉ ! » Après quoi, il croisa les bras sur la poitrine et s'évanouit.

Déjà les quarante adolescents renversaient leurs tables, rugissant de joie, entouraient d'une ronde les autorités, se précipitaient sur elles, les déshabillaient, défenestraient les vêtements.

Le fantôme apparut dans l'encadrement de la porte et fit un signe : « Venez! » Le torrent se précipita. Petits et grands, de la dixième aux taupins, rejetèrent les contraintes, les peurs de punitions, les angoisses d'examens, aspirèrent les cloisons, pulvérisèrent les murs intérieurs. Le lycée ne fut plus qu'un immense vaisseau bouillonnant de la joie furieuse de dix mille enfants qui venaient de retrouver leur jeunesse. Le proviseur, à poil, menait la danse. La toiture s'envola, les murs tremblèrent, s'abattirent. La joie coula dans la ville. Ce fut le premier jour du printemps.

Essaillon se montra soucieux à l'ouïe du nouveau récit de Saint-Menoux.

— Vous n'êtes pas sérieux! lui reprocha-t-il. Le scaphandre doit rester pour vous un instrument de recherche et non un jouet ou un moyen de bouleverser gratuitement la vie d'autrui. Certes, vous aurez à intervenir souvent dans la vie des hommes. N'est-ce pas notre but essentiel? Mais vous devez chercher à les rendre heureux, non à les amuser. Ce n'est pas du tout la même chose...

La petite flamme de gaieté que Pierre vit danser dans les yeux d'Annette détruisit tout l'effet du sermon de son père. Il ne se prétendait pourtant pas satisfait. Il était encore parti sans savoir où. Il semblait bien que ce fût sa tête qui l'eût entraîné. Elle l'avait conduit au lieu même où elle avait l'habitude de travailler. Mais sa volonté n'était pas intervenue.

Il fit de nouvelles expériences sans plus de succès. Elles le conduisirent dans la réserve secrète d'un chocolatier où le mena une gourmandise qu'il ne se connaissait point, deux fois encore dans le lit d'Annette, heureusement vide, et aux W.-C., où l'entraîna un besoin d'uriner.

— Il me semble inutile, dit-il à Essaillon, de poursuivre plus longtemps mes incursions dans l'avenir immédiat. Mes habitudes, mes besoins m'enchaînent à mon temps et au temps voisin. Peut-être pourrai-je m'en libérer si je saute carrément de cent ans en avant. Demain, je m'en irai jusqu'en l'année 2042.

— Non... non..., fit le savant d'une voix un peu hésitante. Pas 2042, mais 2052.

Son crâne rose avait rougi, et ses oreilles flamboyaient.

— Pourquoi ces dix ans de plus? demanda Saint-Menoux, surpris.

— Voilà pourquoi...

L'obèse avait retrouvé son assurance. Il fouilla dans sa barbe, tira de la poche intérieure de son veston un petit livre. Des ors passés ornaient sa couverture de veau marbrée de taches de vieillesse. Pierre se pencha sur le volume. Essaillon l'avait ouvert à la page 113, et lui montrait du doigt une strophe.

— Ce sont les prophéties de Nostradamus. Lisez ce quatrain!

Saint-Menoux lut :

> *L'an que Vénus près de Mars étendue*
> *A le verseau son robinet fermu*
> *La grand' maison dans la flamme aura chu*
> *Le coq mourant restera l'homme nu.*

— « L'an que Vénus près de Mars étendue » désigne astrologiquement, d'une façon incontestable, l'an 2052, reprit le savant. Les autres vers nous font craindre des événements terribles. Le coq désigne, ici, la France, ou peut-être l'humanité. « Restera l'homme nu... » L'homme nu! Vous entendez? Que pourra-t-il arriver à notre malheureux petit-fils pour qu'il reste nu? Vous n'avez pas envie de le savoir?

Saint-Menoux n'osa pas exprimer son étonnement. Comment cet homme de génie pouvait-il prendre au sérieux de tels enfantillages?

— La prophétie de sainte Olive concorde d'ailleurs avec celle-ci, reprenait l'infirme. En l'an 2052, la source qui marque la guerre et la paix doit recommencer de couler une nouvelle fois et s'arrêter dans la même heure. Et la sainte ajoute qu'elle ne coulera jamais plus. Serait-ce donc la paix universelle?

— Hum!... dit le jeune professeur, cela me paraît bien improbable!

Pierre s'étonna d'arriver, en l'an 2052, au pied du Sacré-Cœur. Il se trouvait au bas des escaliers. Devant lui, les dômes qu'il connaissait bien dressaient leurs silhouettes inchangées. Leur couleur s'était assombrie. La pierre blanche avait pris la teinte sale qui maquille tous les monuments de Paris. Saint-Menoux se retourna pour jeter un coup d'œil sur la grand-ville. Paris avait disparu.

A sa place, le jeune homme, stupéfait, vit un champ de ciment plat. Çà et là s'élevaient quelques bâtiments de peu d'importance et une grande quantité d'objets de forme ovoïde, de la taille d'une maison de deux étages, bâtis en une matière transparente, colorée. Autour de chacun de ces œufs démesurés s'enroulaient les spires d'une sorte de vis gigantesque. Quelques-uns se tenaient debout, comme l'œuf de Christophe Colomb, mais la plupart étaient renversés, et beaucoup d'entre eux brisés. Ce qui sembla le plus étrange à Saint-Menoux fut le manque d'animation du paysage. Il n'aperçut pas un être vivant.

Le doigt sur le bouton du vibreur, prêt à disparaître, il s'avança vers le plus proche de ces objets. Un vent violent, extrêmement chaud, s'opposait à sa progression. Il dut se courber pour marcher. Il commençait à transpirer. Le soleil dégageait une chaleur de tropique. Saint-Menoux arriva près de l'œuf gigantesque. Il était couché sur le côté, et fendu. Il semblait avoir chu du haut des airs. Une intuition illumina la pensée du jeune professeur. Il se trouvait sur un aérodrome, et ces ovoïdes entourés d'une hélice, c'étaient les avions nouveaux. Mais quelle catastrophe avait pu provoquer la chute de tous ceux dont il apercevait les débris [1]?

A travers la coque transparente, il vit, à l'intérieur de l'avion, plusieurs êtres humains, vêtus de combinaisons de couleurs vives, étendus, accrochés aux débris de la carrosserie ou du moteur, dans les attitudes abandonnées de la mort. Une odeur de pourriture s'échappait des crevasses de l'appareil. Saint-Menoux, suffoqué, en proie à une grande émotion, se hâta de s'éloigner. Était-il venu si loin dans l'avenir pour n'y rencontrer que des cadavres? Sur cette étendue brûlée de soleil régnait un silence troublé seulement par les sifflements de rage du vent. Dans ses vêtements d'hiver et son scaphandre de laine, le jeune professeur se sentait cuire. Il décida de quitter la plaine de ciment surchauffé. Il ôta ses lunettes, cligna des yeux sous l'éblouissement de la lumière. Quand il put mieux regarder, il vit que l'aérodrome était entouré d'une sorte de balustrade de hautes colonnes de verre. Après dix minutes de marche, il parvint à proximité de leur alignement. Il franchit les derniers mètres en courant, engagea la tête entre deux piliers et fut saisi de vertige. Il était en plein ciel.

Très bas, au-dessous de lui, s'étendait le moutonnement infini des toits de Paris, la même mer grise qu'il se rappelait avoir vue du haut de la tour Eiffel. La capitale n'avait guère changé en un siècle.

1. Lire, du même auteur, *Ravage*, roman.

Quelques grandes avenues rectilignes traversaient les entassements des maisons minuscules. A l'ouest, au sud, à l'est, s'élevaient trois gratte-ciel auprès desquels ceux de New York du XXᵉ siècle eussent paru chétifs. Et Saint-Menoux en conclut que lui-même se trouvait sur le toit d'un bâtiment semblable, bâti sur la butte Montmartre. Les architectes avaient conservé le Sacré-Cœur, en le juchant tout en haut de l'immense bâtiment.

Saint-Menoux braqua une lunette sur la capitale étendue à ses pieds. Ce qu'il vit le confirma dans la conviction qu'une catastrophe extraordinaire venait de se produire. Des files d'autos immobiles couvraient les avenues. Sur la Seine, des barques, des chalands, des remorqueurs, étaient entassés par le courant contre les piles des ponts. Des quantités d'avions étaient tombés sur la ville, avaient crevé les toits, éventré les maisons.

Dans les rues les plus sombres, à l'abri du soleil, Saint-Menoux vit enfin se mouvoir des hommes vêtus des mêmes combinaisons qui revêtaient les occupants de l'avion. Il chercha des jupes de femmes, finit par comprendre que ces dernières étaient habillées comme les hommes. Ces costumes ressemblaient vaguement à son scaphandre. Il pensa qu'il pourrait se mêler à la foule sans trop attirer l'attention.

A l'aide d'une caméra munie d'un télé-objectif, il prit quelques vues de Paris. Il retourna filmer de près un avion intact, les débris d'un autre, les détails des vêtements d'un mort, une vue panoramique du toit.

Comme il s'inquiétait de trouver un moyen de descendre, le vent lui apporta une odeur de brûlé, et le bruit du tocsin. Il retourna au bord de la terrasse. Des flammes énormes s'élevaient des files d'autos qui couvraient les boulevards. Le vent couchait les flammes sur les maisons qui s'enflammaient par quartiers entiers. Déjà, la fumée montait jusqu'à lui. Il braqua son appareil sur l'incendie qui gagnait vers le pied du gratte-ciel. La pensée des malheureux humains qui grillaient dans ce brasier le bouleversa. Des tourbillons de fumée nauséabonde envahissaient le ciel. Des flammèches tombaient sur lui, menaçaient de brûler son vêtement. Paris tout entier était en flammes. A demi suffoqué, il rajusta ses lunettes et appuya sur le bouton de retour.

Essaillon, dévoré d'impatience, l'attendait dans le laboratoire. Pierre, encore pâle, raconta ce qu'il avait vu. L'infirme crispait ses mains grasses sur les bras de son fauteuil, tirait sur sa barbe.

— Dieu! comme j'aurais voulu être avec vous! murmura-t-il.

— Je m'explique maintenant, dit Saint-Menoux, pourquoi je suis arrivé sur la terrasse du gratte-ciel. Je suis parti emporté par la curiosité. Elle m'a emmené en un lieu d'où je pouvais tout voir.

— Vous n'avez pas tout vu. Il faut savoir ce qui s'est passé. Vous allez retourner là-bas. Emportez plusieurs films. Vous...

— Je suis las, objecta Saint-Menoux. Je veux manger et dormir. Nous remettrons le prochain voyage à demain, si vous le permettez.

— Excusez-moi, dit l'obèse en soupirant. Bien sûr, il faut que vous vous reposiez.

Pour les voyages suivants, Saint-Menoux utilisa un moyen auquel il regretta de n'avoir pas pensé plus tôt. Il possédait des photographies de la campagne et des cartes postales de villes de France et des nations étrangères. Il en regarda une chaque fois, au moment du départ, et s'emplit l'esprit de cette image. Il parvint ainsi à se diriger. Il parcourut la terre dans tous les sens, et connut que l'effroyable catastrophe s'étendait au monde entier. L'Amérique, l'Asie, l'Australie, l'Europe étaient la proie des flammes, de la famine et de toutes les variétés de la peste. Partout les hommes fuyaient, traqués par mille formes de mort.

Pierre mit longtemps à connaître l'origine de la catastrophe. En France même, il n'arrivait pas à comprendre les conversations des fuyards. Chaque fois qu'il mettait la main sur un livre ou un journal abandonné, il retrouvait un français inchangé, à peine enrichi de quelques nouveaux termes techniques. Par contre, lorsqu'il prêtait l'oreille aux paroles, il avait l'impression de se trouver à l'étranger. La langue parlée était totalement différente de la langue écrite. Mais il lui sembla que c'étaient les mêmes mots qu'il entendait au milieu des ruines des villes de Seine, ou dans la steppe russe embrasée, ou dans la bouche des noirs d'Amérique du Sud.

Peu à peu, grâce à sa connaissance de plusieurs langues européennes, avec l'aide d'Essaillon à qui il rapportait des phrases entendues, il parvint à se faire une idée du langage nouveau.

De grands brassages de populations, mouvements d'armées, échanges de main-d'œuvre, émigrations, déportations massives, avaient dû se produire pendant un siècle. Et les langues nationales s'étaient interpénétrées et fondues en un langage commun. Celui-ci avait rassemblé, autour d'une syntaxe simplifiée, des mots empruntés à toutes les langues. Chacune avait fourni le vocabulaire le plus propre à son génie, le français des termes de cuisine et d'amour, l'allemand ceux de philosophie, de technique et de stratégie, l'anglais ceux du commerce, et l'italien les superlatifs. Les langues slaves donnèrent tout un choix de jurons riches en consonnes.

Les mots anciens se contractèrent jusqu'à leur essentiel phonétique. Leur évolution se fit d'autant plus vite que la langue européenne nouvelle ne pouvait pas s'écrire. La même syllabe prononcée à peu près de la même façon par un Espagnol, un Français, un Anglais, un Russe ou un Allemand, eût été écrite par eux de cinq manières bien différentes.

Ainsi Saint-Menoux s'expliquait-il que l'ancien français subsistât pour tout ce qui était écrit. Chaque habitant du monde devait connaître sa propre langue nationale, qui tendait petit à petit à devenir langue morte, et le nouveau moyen d'expression mondial, qui évoluait et grandissait, perdait sans cesse de vieilles cellules et en acquérait de nouvelles, comme un organisme vivant.

Les langues asiatiques, seules, semblaient s'être tenues à part de ce brassage.

Un jour, enfin, Saint-Menoux comprit comment une civilisation, bâtie sur vingt et un siècles de progrès, avait pu s'écrouler en si peu de temps, laisser la place au chaos et à la mort. Il fit part de sa découverte à Essaillon. L'électricité avait d'un seul coup disparu!

— Il faut croire, dit le savant, qu'un pressentiment me poussait lorsque je renonçai à l'emploi de l'électricité dans l'appareil que vous portez à la ceinture! Sans quoi, arrivé en l'an 2052, vous n'auriez pu en revenir!

Saint-Menoux frémit. Il se vit abandonné au milieu de ce monde soudain privé de son âme mécanique, parmi les moteurs arrêtés, les villes mortes, les hommes nus. Il mesura une fois de plus quels dangers lui faisaient courir ses explorations. Mais il ne songea pas une seconde à les abandonner.

Il avait hâte, comme Essaillon, de savoir ce qu'allaient devenir les hommes qui survivraient au cataclysme. Le progrès matériel ne semblait pas leur avoir apporté la paix ni le bonheur. Le monde dépourvu de machines serait-il plus heureux? Mais combien échapperaient à la catastrophe, et dans quelle région du monde les trouver?

Saint-Menoux utilisa une photo de foule découpée dans un magazine. Elle montrait des milliers d'hommes et de femmes assemblés, entassés jusqu'à l'horizon, la tête levée, bouche ouverte, ébahis occupés à regarder quelque chose qui se passait en l'air.

Pierre ne doutait pas que l'évocation de ce grouillement de vie ne l'entraînât vers les rescapés.

Il arriva au milieu d'un brouillard gris, singulier, un brouillard sec, qui limitait sa vue à quelques mètres. Le soleil, qui chauffait comme un gueulard de haut-fourneau, lui apparaissait énorme, entouré d'un halo. Un arbre tordait ses branches nues dans l'air surchauffé. Un bruit continu, pareil au grondement d'une cataracte, emplissait les oreilles du voyageur. Il faillit perdre l'équilibre. Le sol venait de céder sous ses pieds. Il regarda. Ses bottes s'étaient enfoncées dans la poitrine d'un cadavre à demi pourri. Un milliard de mouches, dérangées, s'envolèrent autour de lui. Il devina avec horreur la nature de la brume. C'était un peuple immense de mouches qui tourbillonnait et bouchait l'horizon. La somme des innombrables bourdonnements composait ce bruit de chute d'eau et faisait trembler l'air. Une puanteur atroce, visqueuse, bouillonnait sous le soleil. La gorge bloquée, Pierre appuya sur le bouton du vibreur. Il se trouva aussitôt renfermé dans son petit univers hors du temps. Il y jouissait de la seule tiédeur de son corps, ne sentait que l'odeur camphrée de la noëlite. Mais le souvenir de la puanteur restait accroché à ses narines. Il fut quelques minutes à se reprendre. La chaleur infernale le traversait sans l'atteindre.

Un coup de vent arracha les dernières feuilles racornies qui tremblaient à la cime de l'arbre, creusa des tourbillons dans l'épaisseur des insectes, dégagea pour un instant la vue jusqu'à l'horizon. Pierre se vit au centre d'une plaine couverte de morts. Sur eux grouillait un tapis de mouches, une croûte épaisse, luisante, mouvante, à laquelle s'incorporaient sans cesse de nouvelles bêtes avides. Le vent lourd s'arrêta, l'air épais se referma autour de Saint-Menoux. Le grondement reprit, énorme.

Les nouveaux accessoires du vibreur transmettaient les images et les bruits sans les déformer. Essaillon avait ajouté aux nouvelles lunettes en verre blanc un système de prismes qui permettait à Pierre de se voir aussi bien que les objets extérieurs. L'ensemble tenait fixé à sa tête par quatre courroies croisées. Les écouteurs perfectionnés et les viseurs, dont le poids avait triplé, le fatiguaient plus que les précédents.

Il ne parvenait pas à guérir son rhume de cerveau, lequel tournait à la sinusite. Plusieurs fois, depuis son adolescence, d'éminents docteurs lui avaient conseillé de faire enlever les végétations qu'il devait avoir dans le nez, ainsi que ses amygdales, et de profiter de l'occasion pour se débarrasser de son appendice. Mais Saint-Menoux préférait se moucher.

A cause peut-être de ce coryza, et malgré l'entraînement auquel il s'était soumis, il ne pouvait supporter le vibreur plus d'une heure et demie sans interruption. Il était rare qu'il eût à s'en servir si longtemps. Il lui suffisait de l'interrompre quelques minutes pour se retrouver dispos.

Après un dernier coup d'œil jeté autour de lui, il comprit qu'il n'avait rien à faire en ce lieu. Il cherchait des vivants. L'image de la multitude l'avait conduit à la multitude des morts... Il ne lui restait qu'à revenir au laboratoire, et trouver un autre moyen d'impulsion vers les rescapés.

Il se pinça le nez à travers la cagoule, et se prépara à stopper le vibreur avant d'appuyer sur le bouton de retour. Mais il suspendit son geste, angoissé. Un essaim de mouches venait de lui traverser la main...

L'état où il se trouvait, s'il lui rendait l'univers perméable, le rendait lui-même perméable à tout. Le premier jour où il avait essayé les lunettes perfectionnées, il n'avait pas pénétré sans quelque appréhension dans des murs et des meubles qui lui paraissaient aussi solides que son corps. La première fois où il avait vu le bras d'un fauteuil lui entrer dans la poitrine, il avait éprouvé le même choc émotionnel que s'il eût été percé d'une lance.

Puis il s'était habitué à séparer ses réflexes nerveux de ses sensations visuelles. Il avait même pris plaisir, par la suite, à jouer avec ces apparences, à se confondre, par exemple, avec le tronc d'un arbre, étendre les bras parmi les branches, voir des rameaux fleuris sortir de chacun de ses doigts.

Il devait prêter attention, sous peine de catastrophe, à se trouver bien seul, sans aucun objet à l'intérieur de lui-même, lorsqu'il arrêtait le vibreur. On imagine quels dégâts eût subi son organisme s'il avait repris sa place normale dans le temps autour d'un dossier de chaise, ou même d'un bouquet de lilas...

C'est ce qui lui avait fait interrompre son geste. Les mouches volaient à travers son corps. Il les voyait sortir, isolées, ou par bandes, de ses cuisses, de son ventre, des paumes de ses mains. Elles grouillaient à l'endroit de ses tripes, et ronflaient entre ses oreilles.

Il lui fallait absolument s'éloigner de ce lieu infesté d'insectes avant de reprendre son état présent. Sinon il allait se trouver truffé de bestioles enkystées dans sa chair et ses os, charriées par son sang. C'était la mort à brève échéance, par empoisonnement ou embolie, ou la mort subite si quelque charognarde velue se trouvait enrobée dans la tendre matière du cervelet ou d'un nerf essentiel.

Il chercha quelque indice qui lui permît de déterminer sa marche. Mais l'horizon était partout bouché par le brouillard mouvant des insectes, dans la grisaille duquel le soleil faisait passer parfois des flammes d'arc-en-ciel. Il ne vit que le geste tragique de l'arbre sec que le ciel de fer broyait. Il se décida au hasard et s'en fut à main droite. Il allait aussi vite que possible, se lançait en avant des quatre membres, voguait sur des vagues de mouches, ne trouvait pas un litre d'air qui ne contînt son cent d'insectes.

Il regrettait amèrement de s'être confié au vibreur sans réfléchir. Mais il n'était plus temps de regretter. Il fallait se hâter. La plaine étendait infiniment son troupeau noir de morts. Parfois l'horrible grouillement des bêtes se déchirait, découvrait la couleur vive d'un vêtement, ou un visage ricaneur que perçaient les dents et l'os du nez. L'air, brassé par des milliards d'ailes tourbillonnantes, vibrait, grinçait comme un concert de violons joué par des fous. Pierre, halluciné, sentait la fatigue lui serrer la tête. La migraine et la peur commençaient de lui battre les tempes. Il ramait droit devant lui, et des nuages de mouches le traversaient de part en part, grêle vivante et bourdonnante intimement mêlée à l'atmosphère pourrie.

Une idée lui vint. Il pouvait échapper aux insectes en se déplaçant à la verticale. Il leva les bras en prière, monta avec des gestes d'ange, ses grands membres agités mollement. Il vit avec une joie indicible les mouches devenir plus rares. Leur bourdonnement s'affaiblissait, s'éloignait, se confondait avec celui de sa migraine. Il parvint à une altitude de nuage. Il flottait seul dans l'azur. Très bas au-dessous de lui, la terre lui apparut voilée d'une brume grise qui moutonnait jusqu'au cercle de l'horizon. Il mit le doigt sur le bouton triangulaire. Pour la deuxième fois, ce fut une sorte d'instinct qui le sauva. Arrêter le vibreur, c'est tomber comme une pierre, s'écraser au sol dans un jaillissement d'insectes et de chair pourrie. Il doit reprendre son voyage...

Il regarde de nouveau la terre désolée. Très loin, il lui semble qu'une fumée monte vers le ciel. Il recommence son vol de papillon, de flocon, de graine, de sauterelle. Sa vue, déjà, se trouble. L'angoisse lui serre le cœur. Il craint de s'évanouir, de ne pas reprendre connaissance, de rester à jamais errant dans l'air bleu, fantôme dérisoire en suspens au-dessus des siècles, jusqu'à ce que l'appareil, détraqué, laisse un jour tomber ses cendres, en bouffées légères, sur une civilisation nouvelle. Il écarquille les yeux, puis les ferme, crispe les paupières, pour retrouver pendant quelques secondes une vue plus claire. Au-dessous de la fumée lui apparaissent enfin les ruines d'une ville immense. Les murs, noircis par l'incendie, s'étendent le long d'un fleuve sec, à perte de vue.

Pierre retrouve l'espoir. Il redescend doucement, pénètre dans la mer d'insectes, gagne les premières maisons. Les mouches y sont plus rares, car les morts de la ville ont brûlé avec elles. Le voyageur accablé trouve enfin un coin d'ombre déserté par les horribles bêtes. Il pousse un profond soupir, passe doucement ses mains sur sa tête. Un marteau lui broie le crâne à chaque battement de son cœur; ses yeux enflés font craquer ses orbites.

Il s'immobilise, cesse de respirer, écoute. Il entend son cœur battre comme une caisse. Un gémissement de chanterelle, un chant aigu monte de son ventre à sa tête. Une mouche minuscule, brillante goutte d'or vert, jaillit de son visage, fait trois tours hésitants et lui rentre dans l'épaule. Il se secoue, s'agite, s'arrête de nouveau : elle bourdonne quelque part dans ses cuisses. Il saute en l'air, cabriole, se perche sur un mur ruiné. Il entend la musiquette monter et descendre, tourbillonner dans sa poitrine. Il plonge dans des amoncellements de cendres et de pierres calcinées. Dès qu'il s'arrête de nouveau, il entend l'infernal vibrion percer sa chair et ses os...

Il râle. Un ruisseau de sang coule devant ses yeux. Il s'évade vers le ciel, fait un effort désespéré pour regarder encore. Un incendie attardé brûle près du fleuve. Il rassemble ses dernières forces pour s'y rendre. Il y parvient sur le ventre. Sa tête a grossi comme une citrouille, un ballon, une cathédrale. Voici le feu. Il s'y jette bouche ouverte, se roule dans ses tourbillons. Il rit, hurle de joie, imagine la fin de l'horrible bestiole qui craque, grésille dans la flamme purificatrice. Il s'arrête de l'autre côté de l'incendie, suspend son souffle. Sa joie le quitte, l'horreur le saisit. Il tremble. D'une tempe à l'autre, d'un horizon à l'autre, entre ses côtes, dans la ville morte, dans le monde, dans sa chair martyrisée, la mouche vrombit, grince, le nargue. Il ne sait plus s'il est fou ou s'il entend bien. Sa tête va dépasser la rondeur du ciel, éclater dans l'infini. Le visage d'Annette lui apparaît. Ses tresses roulées resplendissent comme deux soleils noirs. Le vent jette vers lui l'incendie. Un tourbillon de fumée le traverse. Il ne peut plus. C'est la dernière seconde. Des deux pouces, l'un après l'autre, il appuie sur les deux boutons...

Il s'écroula dans le laboratoire. Essaillon lâcha ses éprouvettes, essuya ses mains à sa barbe, appela les femmes.

Chez un savant, l'esprit d'observation ne s'éteint jamais tout à fait, quelles que soient les circonstances. Malgré ses souffrances, malgré son délire, Saint-Menoux avait vu, presque inconsciemment, la fumée le traverser au moment où il arrêtait le vibreur. Il eut le temps de murmurer : « Oxyde de carbone », puis s'évanouit.

Essaillon le saigna à blanc, lui mit dans les veines du sang synthétique, vivifié par celui d'Annette. Pierre urina noir pendant trois jours. Le contact de sa peau souillait les draps. Quand on ouvrait son lit, une odeur de lard fumé montait aux narines. Les ressources infinies de la science de l'infirme eurent raison de l'intoxication, mais ne purent guérir le rhume de cerveau.

Le printemps avait envahi les arbres quand Pierre se releva. Sa peau restait veinée de grandes traînées grises. Ses yeux et ses cheveux étaient devenus noirs.

Le jardin fleuri hâta sa convalescence. Le soir, en se dévêtant, il regardait parfois, songeur, le pli de son coude par où le sang d'Annette avait pénétré en lui, et caressait de son doigt osseux la chair qui ne gardait aucune trace du miracle. Peu à peu, en ces jours lents où il reprenait vie, il se sentait de nouveau envahi par l'image de la jeune fille. Son esprit engourdi laissait ses sentiments s'épanouir. Étendu sur une chaise longue, les mains pendantes dans l'herbe nouvelle, il voyait entre ses paupières mi-closes Annette descendre les marches du perron. Elle portait à mains jointes un bol où fumait quelque délicat remède. Il fermait les yeux, feignait de dormir, pour entendre sur le gravier le pas qui s'approche, sentir au-dessus de son visage le visage penché. Il attendait qu'elle dît son nom, doucement, appel, caresse. Il la laissait répéter, ouvrait alors ses yeux dont l'iris reprenait, en un cerne chaque jour agrandi, sa couleur de fleur de lin. Et déjà il n'osait plus la regarder. Elle s'asseyait près de lui, jambes croisées, parmi les fleurs jaunes et blanches de l'herbe. Elle veillait gravement à ce qu'il bût jusqu'au fond du bol. S'il tentait un geste vers elle, elle ne s'effarouchait pas ni ne l'encourageait. Elle ne savait pas comment on aide les garçons timides. Elle était simple comme un fruit.

A mesure que les jours passaient, il se sentait plus proche d'elle. Le mois de mai touchait à sa fin, et le printemps poussait en lui des forces. Un soir qu'il ne parvenait pas à trouver le sommeil, il se jura de dire dès demain à la jeune fille... De lui dire quoi? Il se retourna dans ses draps. Comme c'était difficile! Les mots tendres, dans sa bouche, ne seraient-ils pas grotesques? « J'aime, je t'aime, m'aimez-vous? »

— Mon petit Pierre, fit Essaillon au petit déjeuner, vous voilà guéri. J'ai préparé votre nouveau voyage. Je crois que vous pourrez partir dès que vous aurez fini votre café au lait.

Il épousseta sa barbe. Ils s'enfermèrent au laboratoire. Saint-Menoux gardait de sa dernière expédition un souvenir confus. Quels que fussent les dangers, ils n'étaient d'ailleurs pas, maintenant, capables de l'arrêter. Il se passionnait pour le grand-œuvre entrepris. L'exposé que lui fit l'obèse le replaça en pleine action. Ses projets sentimentaux s'estompèrent. Il se sentit presque soulagé d'avoir à les remettre. Il enfila le scaphandre. Il allait rechercher plus loin que l'an 3000 les survivants du grand cataclysme.

Le lendemain, il avança d'un siècle de plus. Puis de deux, de trois, de cinq. Ce qu'il vit et rapporta à l'infirme leur parut tellement effarant qu'ils décidèrent, d'un commun accord, de faire en avant un bond gigantesque pour être immédiatement fixés sur le sort de leurs lointains petits-enfants.

En effet, si l'électricité avait disparu, et la civilisation de la machine trouvé son terme, une force nouvelle était née; l'humanité, qui avait appris à l'utiliser, subissait une telle évolution que l'esprit des deux hommes n'osait en prévoir l'aboutissement.

Quand Saint-Menoux, ce jour-là, appuya sur le bouton de départ, il savait qu'il partait pour un voyage de cent mille ans.

La veille, il avait fait couper ses cheveux ras, parce qu'ils repoussaient clairs à la racine et lui donnaient l'air d'une vieille femme teinte qui se néglige.

DEUXIÈME PARTIE

Le voyage entomologique

Rapport de Pierre Saint-Menoux à Noël Essaillon sur son voyage en l'an 100 000.

« Au moment d'écrire ce que j'ai vu, je me rends compte des difficultés de ma tâche. L'usage des adjectifs ne m'est pas familier. Le langage des mathématiques auquel je suis habitué comporte relativement peu de mots, qui s'adressent à l'intelligence, et n'émeuvent point notre sensibilité. Je crains, dans ma maladresse à employer le style descriptif, de pécher par excès de sécheresse ou de verser, au contraire, dans un pittoresque de mauvais aloi. Le monde extraordinaire qu'il m'a été donné d'explorer défie notre vocabulaire. Je m'efforcerai d'être exact.

J'ai quitté le laboratoire le 6 juin 1942, à dix heures vingt-sept minutes, mon appareil réglé pour arriver à la même heure du même jour de la même saison.

Je ne me dissimulais pas que ces divisions de notre temps ne correspondaient peut-être plus à celles du millième siècle. Le mécanisme des astres n'est pas forcément immuable. Les jours, les saisons, pouvaient avoir changé de durée. Allais-je retrouver le soleil et la lune? Allais-je même retrouver la Terre? Je m'attendais aux pires surprises.

J'arrivai couché. Deux trous ténébreux se promenaient au-dessus de mes lunettes. Les naseaux d'un monstre occupé à me flairer! Terrifié, j'allais appuyer sur le vibreur, quand je reconnus le mufle d'une vache. Je n'aime pas beaucoup ces bêtes cornues, mais la présence de celle-ci me combla de joie.

Comment rêver, pour m'accueillir, d'un être plus pacifique?

J'apercevais entre ses oreilles un ciel d'un bleu extraordinaire, si pur, si net, qu'il paraissait peint sur une surface. Je remarquai incidemment que la vache ressemblait à ma logeuse. J'étais tout occupé à écouter, à flairer, à percevoir.

Je baignais dans une atmosphère d'une grande douceur. Une odeur d'herbe écrasée traversait mon rhume. J'entendais un étrange concert, un mélange de quelques sifflets aigus, à peine modulés, qui se croisaient sur le fond puissant d'un ronflement de basses d'orgues. Ce dernier son paraissait venir des profondeurs de la terre. Le sol, sous moi, en était tout vibrant.

Telles furent mes premières impressions dans le monde nouveau, celles qui m'assaillirent en une seconde, avant que j'eusse pris le temps de bouger : le nez d'une vache, une part de ciel bleu, la douceur de l'air, une odeur verte, une gerbe de sifflets, et le sol qui tremblait comme au passage du métro.

Je donnai une tape sur le museau de la vache, qui s'écarta en m'abandonnant un fil de bave. Je vis la brave bête dans son entier et fus saisi de stupeur. Son corps n'était qu'une mamelle qui pendait entre quatre pattes raides et se terminait, au ras du sol, par un seul tétin. Cette mamelle, rose et ronde, ressemblait à un monstrueux sein de femme. J'évaluai sa contenance à quatre cents litres environ. J'étais ému. Du fond de mon être, des souvenirs, jusque-là inconscients, surgissaient. Je revis la grasse nourrice à laquelle m'avait confié ma mère malade, je me rappelai la tiédeur de l'énorme globe où je prenais la nourriture... Chassant l'attendrissement, je me levai, dévoré de curiosité. J'eus aussitôt la preuve de la présence des hommes.

Autour de moi, une cinquantaine de vaches semblables broutaient l'herbe drue. La plaine se continuait jusqu'à l'horizon. De cette étendue verte s'élevaient des rangées de cônes gris, tous semblables, hauts, me sembla-t-il, de trois à quatre cents mètres, alignés dans deux directions perpendiculaires, comme meules dans un champ, jusqu'à l'infini. La régularité de leur espacement, de leur forme, de leurs dimensions, attestait que ces constructions étaient l'œuvre de mains humaines.

Un bruit furtif me fit retourner. Bouleversé, je me trouvai en face d'un homme. Il était nu.

Je m'apprêtais à disparaître, mais il passa, me frôla, sans avoir manifesté qu'il se fût aperçu de mon existence. Son regard avait glissé sur moi avec une indifférence minérale. J'eus l'impression affreuse d'être regardé par un être d'un autre monde, par un spectre, un mort ou un dieu.

Plusieurs hommes suivaient le premier, pareils à lui dans leur nudité et leur calme. Ils marchaient à grands pas lents et lourds, laissaient pendre leurs longs bras comme outils au repos. Ils arrivaient les uns derrière les autres, ne parlaient point, ne regardaient rien. Leur peau était rude, couleur de vieux bois, sans un poil ni un cheveu.

Si vous vous trouvez, tout à coup, en face d'un de

vos semblables dépourvu de vêtements, sur quelle partie de son corps portez-vous aussitôt les yeux?... Je n'échappai pas à ce réflexe, dû sans doute à d'obscurs refoulements. Mais rien ne s'offrit à ma vue. Le bas de ces ventres bruns était lisse et nu. Je me dis qu'en mille siècles l'organe de la reproduction pouvait bien, après tout, avoir changé de place. Mais je le cherchai en vain, et cette recherche me causa bien d'autres surprises. Les muscles fessiers de ces êtres étaient soudés en une seule masse demi-sphérique, polie comme un vieux cuir. L'anus, lui aussi, avait disparu.

Par contre, la poitrine s'était développée vers le bas, aux dépens de l'abdomen résorbé. Les côtes descendaient jusqu'aux cuisses. L'homme de l'an cent mille n'avait plus de tripes!

La lente file d'êtres asexués se dispersa dans le champ. Chacun d'eux vint se placer devant une vache et se mit à siffler, sur une seule note, grêle, continue, comme sifflent les percolateurs dans le petit matin. La vache interrompait son repas, levait la tête et suivait le siffleur mélancolique.

En caravane, les bergers et leurs bêtes prirent la direction du cône le plus proche. Je les suivis. Les feuilles de l'herbe, très épaisses, s'écrasaient sous mes bottes et crachaient un jus mousseux. Des franges de bave verte pendaient aux mufles des vaches.

Je vis au loin d'autres groupes d'hommes et de bêtes qui se dirigeaient vers les cônes ou s'en éloignaient.

Je marchais à côté des bergers, tournais autour d'eux, les regardais à mon aise. Eux continuaient de m'ignorer. Ils mesuraient environ un mètre soixante, un peu plus, un peu moins, d'un individu à l'autre. Leur cou trapu portait une petite tête dont le crâne nu luisait autant que leur derrière. Leurs yeux étaient fixes comme ceux des poules, et leur nez réduit de volume mais fort ouvert. Leur bouche n'était qu'un trou sans dents dans le bloc des mâchoires soudées l'une à l'autre. Seules les lèvres conservaient leur mobilité.

En considérant leur longue poitrine qui se gonflait des épaules à l'os iliaque, leur bouche incapable de mâcher, et l'absence d'orifice évacuateur, je me posais avec une grande curiosité le problème de leur nutrition. Je pensais en même temps qu'il leur était plus aisé qu'à nous, leurs malheureux ancêtres, de mériter le Paradis. Pas de sexe, pas d'estomac. Il leur restait bien peu d'occasions de pécher.

Nous poursuivions sans perdre de temps notre chemin vers le cône. Je m'étais déjà habitué à mes nouveaux compagnons. J'éprouvais pour eux une sympathie qui était peut-être une déformation de l'instinct paternel. L'air était très doux, le bon vieux soleil brillait dans le ciel très pur. Des troupeaux d'animaux roses, que je crus reconnaître de loin pour des porcs, batifolaient çà et là dans la plaine. Des bosquets mettaient des taches plus sombres sur le vert uni du paysage. Mes regards se reposaient sur la profondeur et le moelleux de la couleur de l'herbe. Mes yeux s'y baignaient, s'y lavaient de la fatigue de toutes les heures de travail sous la lampe, et de l'acidité des insomnies. Les sifflets des vachers entrecroisaient dans l'air leurs notes grêles. Le sol continuait de ronfler. A chaque pas, de longues vibrations me montaient dans les cuisses.

Était-ce la tiédeur de l'air, l'odeur de l'herbe écrasée, l'entêtement du concert monotone? Je sentais peu à peu mon esprit s'engourdir. Mon étonnement devant le monde nouveau s'éteignait doucement, ma curiosité diminuait, disparaissait.

Curiosité de quoi? N'avais-je pas toujours connu ce décor, ces êtres, mes frères? N'étais-je pas pareil à eux, un homme comme eux? Un membre humble, passif, heureux, de la grande famille humaine? Ma respiration devenait plus lente et plus calme, mon cœur battait à un rythme moins vif. Sans y penser je vins me ranger au bout de la file. Je laissai pendre mes bras. Je me mis à marcher à grands pas lents, et commençai de siffler.

Mon sifflet aigre, de souffle court, détonna si désagréablement parmi les autres que je m'arrêtai net, et m'éveillai, comme on s'éveille après s'être laissé aller, en rêve, à un besoin qui a mouillé les draps.

Effrayé de cette torpeur qui m'avait saisi, je me secouai et me promis de me surveiller. Mes compagnons paisibles continuaient leur route. Ils semblaient ne m'avoir point entendu. Je m'approchai du dernier et lui criai dans l'oreille : " Comment allez-vous? " J'aurais peut-être pu trouver une question plus originale. Mais ce fut la première phrase qui me vint aux lèvres. Je n'attendais d'ailleurs pas une réponse, mais un réflexe. Il ne s'en produisit aucun. Le berger ne broncha pas. Je posai ma main sur son épaule. Il ne la sentit pas plus qu'une statue ne sent le pigeon qui se perche sur ses cheveux de bronze. Je m'apprêtais, toute prudence perdue, à lui allonger un coup de poing, quand, brusquement, tous les hommes qui composaient la caravane se tournèrent ensemble vers moi, et pour la première fois, me virent! La terreur agrandit leurs yeux ronds, et l'étonnement leur bouche. Non moins effrayé, je posai le doigt sur le bouton du vibreur. Le geste de mon bras jeta la panique. Les bergers s'enfuirent à toutes jambes, en poussant des cris aigus de femelles. Les vaches, abandonnées, restèrent sur place. Une d'elles meugla doucement.

L'affolement avait gagné en même temps tout le carré de plaine délimité par les quatre cônes entre lesquels je me trouvais. Les vachers laissaient leurs troupeaux, fuyaient droit devant eux en criant comme des roquets battus. Ils couraient dans n'importe quelle direction, s'arrêtaient pile, repartaient dans un autre sens, se heurtaient entre eux, finissaient par arriver, après cent zigzags, au bord du carré en alerte, franchissaient sa limite invisible et retrouvaient aussitôt leur calme, comme des poissons remis dans l'eau. Autour de ce carré, la vie normale continuait. Nul, parmi les êtres qui poursuivaient là leurs lentes occupations, ne semblait s'apercevoir du trouble qui régnait à côté d'eux.

Le ronronnement qui montait de la terre s'arrêta tout à coup. Les clameurs des bergers redoublèrent, leur fuite s'accéléra. Je me sentis moi-même envahi d'une terreur sans nom, dont je ne savais point la cause. Je devinais qu'un danger effroyable allait surgir. Sans plus attendre, j'appuyai sur le bouton du vibreur.

Une seconde plus tard, la terre se mit à trembler au son de cent mille tambours battant la charge, quelque part dans ses profondeurs. Ce bruit chemina, s'éloigna du lieu que foulaient mes pieds, se concentra vers les quatre cônes situés aux coins du carré de plaine affolé.

A la base de chaque cône était pratiquée une ouverture pareille à l'entrée d'un tunnel. De ces portes je vis sortir des files d'individus dont l'aspect me fit frémir. D'une taille double de la mienne, aussi larges que des croupes d'éléphant, ils avançaient à pas pesants, en rangs par quatre, et scandaient leur marche en frappant leurs poitrines colossales de leurs énormes poings. Chaque coup résonnait comme le choc d'un maillet sur un foudre vide. L'ensemble composait ce bruit qui m'avait ému si fort.

Je bénis le vibreur qui me permettait d'échapper à ces monstres, car je ne doutais pas qu'ils fussent sortis de terre pour me détruire. Ils étaient nus, eux aussi. Un assemblage d'os gigantesques et de muscles démesurés composait leurs corps. Pas plus que les timides bergers, ils ne paraissaient avoir de tripes ni de sexe. Leurs côtes descendaient jusqu'à leurs cuisses, pareilles à des arches de pont.

Il ne cessait d'en sortir des portes béantes. Marchant avec une lenteur de pachydermes, ils établirent une barrière vivante entre les quatre cônes, et, dans un magnifique mouvement d'ensemble, se tournèrent vers le centre du carré qu'ils venaient ainsi de former. Ils cessèrent alors de frapper leur poitrine, déployèrent leurs bras et commencèrent d'avancer en poussant des cris qui tenaient du barrissement et du cri du dindon multiplié à la puissance mille. Leurs bras, qui pendaient jusqu'à terre, se terminaient par des mains difformes. L'index et le majeur, l'annulaire et l'auriculaire s'étaient soudés pour ne former que deux doigts épais comme des bras d'athlète, auxquels s'opposait un pouce tout aussi gros. Des griffes aiguës les armaient.

En haut de leur corps, leur tête au crâne poli paraissait minuscule. Les traits du visage étaient presque entièrement effacés. Les yeux à fleur de chair, sans cils ni sourcils, regardaient droit devant eux. Deux trous remplaçaient le nez, les oreilles s'étaient résorbées, le menton se fondait dans un cou musculeux posé en pyramide sur des épaules prêtes à porter la charge d'Atlas.

Je posai mes mains sur les écouteurs pour atténuer le bruit qui me fracassait la tête. Mais les hurlements traversaient ma chair fantôme, m'emplissaient la cervelle. Je dus faire appel à toute ma raison pour calmer mon système nerveux.

Pendant que les guerriers s'avançaient à la rencontre les uns des autres vers le centre du carré, d'autres continuaient de sortir des cônes, formaient de nouvelles files, et marchaient sur les traces des premiers.

Plusieurs troupeaux de vaches se trouvaient dans le champ d'action de l'armée déployée. Depuis que leurs bergers les avaient abandonnées, les bonnes laitières n'avaient pas bougé de place. Elles tournaient leur tête, de-ci, de-là, regardaient le vide de leurs gros yeux tristes, meuglaient de la même voix mélancolique que celles de notre temps, et bavaient.

Les guerriers rugissant s'avançaient, les bras en avant. Leurs griffes se plantèrent dans la tendre chair des vaches. Le lait mêlé de sang coula en ruisseaux roses. Les quadrupèdes furent en un clin d'œil écartelés. Les tueurs ne s'étaient même pas arrêtés. La file suivante s'empara des morceaux et en fit des fragments. La troisième vague transforma les fragments en bouillie. Les porcs subirent le même sort, ainsi qu'une vingtaine de bergers qui n'avaient pas eu le temps de fuir. Lorsque les premières files combattantes se rencontrèrent sur le champ de carnage, elles commencèrent de s'entre-déchirer avec la même vigueur et les mêmes cris. Il ne subsista bientôt que la troisième réserve, fort occupée à transformer en charpie les fragments de cadavres.

Je tremblais d'horreur. Rien, évidemment, ne pouvait échapper à un tel mécanisme de mort. Rien, sinon l'être impondérable que j'étais devenu grâce au vibreur. Mais que serait-il resté de moi si je n'avais disposé de ce providentiel instrument?

Les guerriers survivants avaient cessé de hurler. Ils grondaient maintenant comme des fauves repus, et se rassemblaient au centre du terrain. Je leur tournai le dos et m'en fus d'un seul élan jusqu'à la porte du cône le plus proche. Près de cette ouverture se tenait un guerrier plus petit que les autres. Il regardait de loin les opérations, ses mains à demi fermées, posées devant les yeux comme des longues-vues. Sur ses avant-bras avaient poussé quatre touffes de poils blancs en forme d'étoiles.

Je me retournai vers la campagne couverte de débris, gluante de sang. La raison du carnage, c'est-à-dire moi-même, subsistait. On l'avait oubliée. Un grand nombre d'innocents avaient péri. L'herbe même était détruite. J'admirai avec quelle pureté, à travers mille siècles, les traditions de la guerre s'étaient conservées. »

Suite du rapport de Saint-Menoux.

« L'ouverture pratiquée dans le cône avait à peu près les dimensions du portail d'une cathédrale. Mais je ne vis aucun système qui permît de la fermer. Il me fallut parcourir près de vingt mètres pour franchir l'épaisseur du mur de terre battue. Devant moi s'ouvrirent trois allées. L'une, à gauche, montait; une autre, à droite, descendait; la troisième, au milieu, s'enfonçait de plain-pied dans le tumulus.

Les guerriers qui rentraient de la bataille, couverts de sang, s'enfoncèrent en rangs par quatre dans l'allée de droite. L'homme aux étoiles marchait maintenant à leur tête et bombait le torse. Des bergers arrivèrent, sifflant leurs vaches. Ils pénétrèrent dans l'allée centrale. Je les suivis.

Une douce lueur remplaçait la lumière du jour. Elle provenait d'une multitude de champignons phosphorescents qui poussaient sur les murs avec une rapidité singulière. Je les voyais passer en quelques secondes de la dimension d'un pois à celle d'une pomme, puis se flétrir, et leur cadavre jeter un nouveau bourgeon. Ils se pressaient, se chevauchaient en une palpitation continuelle de flamme froide, pendaient du plafond en lourdes grappes aussitôt résorbées et sans cesse grandissantes.

L'avenue déboucha dans une vaste salle circulaire voûtée, éclairée par la même lumière. A terre, des outres bleuâtres, dont certaines paraissaient pleines et d'autres vides, étaient rangées en files sur une couche d'herbe sèche. J'estimai leur nombre à deux ou trois milliers.

Un des bergers entrés avec moi conduisit sa vache vers une de ces outres flasques, et introduisit le tétin de l'animal dans un trou du récipient. J'entendis avec étonnement un bruit de succion. Je m'approchai. Ce n'était pas un trou, mais une bouche qui suçait le pis de la bête! Autour de cette bouche s'étalait une sorte de visage humain, plat comme une crêpe, une face lunaire, sans crâne, ni cou, à peine distincte de l'abdomen dans lequel se vidait la mamelle.

La bouche suçait comme celle d'un bébé affamé. Les yeux sans âme exprimaient une sorte de plaisir passif, teinté d'abrutissement, et me rappelaient cette expression qu'on voit dans les restaurants aux hommes seuls à table, qui ne lisent ni ne parlent et ne sont occupés qu'à mâcher.

J'entendais le gargouillis du liquide qui coulait à l'intérieur de l'être affamé. De part et d'autre de son ventre pendaient, atrophiés à une échelle de poupée, des jambes et des bras mous.

Le cœur soulevé, je dus me rendre à l'évidence : ces outres épandues sur la paille, ces récipients, ces ventres sans cervelle, sans muscles, sans os, étaient eux aussi des hommes! Ce monstre, que je foulais de mes bottes invisibles, était peut-être né de mon sang...

Le repas se terminait. La vache vide et l'homme-ventre plein, le berger retira le tétin de la bouche avec le bruit d'un bouchon qu'on arrache. Une bulle monta des lèvres circulaires et éclata. Des paupières translucides fermèrent lentement les yeux plats. Un clapotis fit frissonner la peau de l'abdomen. L'être commençait sa digestion.

Partout dans la grande salle, la même opération s'accomplissait. Chaque ventre vide était rempli. Mille bouches baisaient les mamelles. Les ventres gargouillaient, les bergers sifflaient doucement leurs vaches rêveuses, le ronflement d'orgue montait de nouveau de la terre. Mon émotion s'apaisait. Je retrouvais la tranquillité d'esprit indispensable à l'observation.

La première chose que je remarquai fut l'absence de fumiers. Ces individus tout en tripes ne possédaient pas plus d'anus que les vachers et les soldats. J'en conclus que la digestion s'accompagnait chez eux d'une assimilation totale, sans déchets.

Au centre de la salle se dressait une plate-forme circulaire, un genre de kiosque à musique, sur lequel je voyais de loin s'agiter quelque chose. Je m'approchai.

Trois créatures de grande taille, très minces, presque filiformes, se tenaient par la main et se déplaçaient en une lente ronde, le visage tourné vers l'extérieur.

C'étaient encore des hommes, qui tournaient devant moi, à grands pas de leurs jambes grêles. Il suffisait pour m'en convaincre de regarder leurs pieds, si pareils aux pieds humains de notre temps, et leurs mains nouées dans le geste éternel de l'amitié. Mais quelles têtes étranges terminaient leurs corps! Une de ces trois créatures agitait des oreilles aussi larges, aussi longues que des feuilles de bananier. Elle pointait vers tous les coins de la salle ses immenses pavillons roses, comme si elle eût voulu saisir le moindre murmure. La seconde possédait un nez en olifant, partagé en deux vastes narines, dont les ailes palpitaient sans arrêt comme celles d'une chauve-souris. Du crâne de la troisième partaient trois tentacules, trois serpentins qui se déployaient et se tordaient en l'air, terminés chacun par une protubérance blanchâtre. Je ne devinai la nature de ces appendices que lorsque l'un d'eux me frôla et que je vis à son extrémité, comme un bouton au bout d'un fil, un œil! Cet être projetait dans l'espace trois yeux. L'œil pinéal avait repoussé derrière sa tête nue. Il balançait ses trois prunelles, les dressait vers le plafond, les projetait par-dessus ses épaules, les abaissait au ras du sol, en une quête continuelle de je ne sais quelles visions.

Les trois êtres poussaient à mi-soupir une complainte d'une mélancolie monotone. Ils tournaient à grands pas lents, la main dans la main, gémissaient d'une voix qui ressemblait à celle d'un enfant qui pleure très loin, au fond de la nuit. Et les oreilles de l'un, les yeux de l'autre, le nez du troisième, leurs pieds à tous trois, leurs bras balancés s'agitaient à la lente cadence de leur murmure.

Malgré les déformations de leurs visages, ils gardaient une apparence humaine et désolée. Ils semblaient conscients de leur hideur, à la fois résignés à leur sort et inconsolables. Mais je crois que je fais ici la part trop belle à ma sensibilité. On rencontre tous les jours des gens laids qui paraissent malheureux et qu'on plaint, et qui ne changeraient pas leur nez contre celui d'Adonis.

Je me détournai du trio. Je croyais avoir deviné son rôle. Muni d'organes des sens développés à l'extrême, il devait être chargé de déceler tout ce qui se passait d'anormal dans son champ de vision, d'ouïe et d'odorat.

J'avais rencontré des êtres musculaires, bergers et soldats, chargés d'une tâche précise, et dont les sens percevaient uniquement ce qui se rapportait à leur travail.

J'avais vu ensuite des ventres qui se nourrissaient comme quatre cents. Sans doute mangeaient-ils pour les hommes sans tripes.

Je venais enfin d'examiner des créatures qui regardaient, écoutaient, flairaient, pour toute la collectivité. Je commençais à comprendre le fonctionnement de la cité. Mais avant d'émettre des hypothèses, il me fallait pousser plus loin mes investigations.

Depuis que j'avais pénétré dans le cône, j'entendais, par-dessus les glouglous et les hoquets des ventres, et le murmure désolé du trio central, un lointain concert de cris affreux. Je quittai la grande salle, à travers le plafond, et parvins dans une seconde pièce à peine plus petite. Je crus entrer dans l'enfer. Une lumière ardente palpitait autour de moi comme les flammes d'un bûcher. Des champignons rouges couvraient les murs d'un grouillement éclatant, éclairaient d'un feu de soleil couchant des êtres qui se débattaient au sol. Il me fallut quelques secondes pour m'habituer au changement de lumière. Sur la litière d'herbe sèche étaient alignés des hommes-ventres d'une variété nouvelle, munis de bras solides, de mains à crocs, et d'une gueule de requin.

Un berger suivi d'un porc s'approchait d'un de ces hommes-mâchoires. Celui-ci étendait ses bras dans l'air couleur de sang, accrochait l'animal hurlant, le portait à sa gueule et, d'un seul coup, lui coupait les deux jambons. En moins d'une minute, il l'avalait tout entier.

Je dois avouer que je ne suis pas parvenu, au cours de mes nombreux voyages, à étouffer mon émotivité, à éviter la stupeur, ou l'horreur, ou la joie. Ce que j'avais déjà vu ne m'empêchait pas d'être ému par ce que je voyais de nouveau. Je me suis efforcé, cependant, de garder toujours l'esprit clair.

Je fus donc pris de pitié pour ces cochons roses et je me penchai sur l'un d'eux avec sympathie. C'était bien notre cochon familier, l'innocent compagnon de saint Antoine. Un animal peut être plus parfait que nous, puisque en ces mille siècles il n'avait plus évolué, alors que l'homme s'était transformé d'une façon si radicale. Il avait pourtant perdu sa queue, sans doute jugée inutile...

Je fis taire ma pitié déplacée — n'aimons-nous pas, nous aussi, le boudin? — et quittai sans plus tarder ces lieux sanglants.

A l'étage au-dessus, éclairé de vert tendre, je trouvai une troisième variété d'hommes-ventres, nourris de fruits. Des cultivateurs passaient parmi eux. Chacun apportait deux pommes ou deux poires, une dans chaque main. Je fus étonné de ce gaspillage de temps et de travail. Je me rappelai n'avoir vu jusqu'ici, entre les mains des hommes du millième siècle, ni outil ni récipient. J'en conclus qu'ils ne possédaient aucune industrie et que l'artisanat lui-même avait disparu.

La quatrième salle était éclairée par des champignons couleur d'or. Cette lumière joyeuse me ragaillardit. Au centre de la salle, une grande cuve de terre avait été bâtie. Des sentiers escaladaient ses flancs en pente. Des cultivateurs y grimpaient d'un pas léger, presque dansant. Arrivés au sommet, ils y jetaient, après l'avoir broyée entre leurs mains, une seule grappe de raisin et s'en retournaient en chercher une autre. Le contenu de la cuve fermentait. Le trop-plein coulait dans plusieurs centaines de petites rigoles de terre, jusqu'aux bouches en forme d'entonnoirs de nouveaux hommes-ventres. Ceux-ci étaient pourvus de nez rouges et de petits yeux gais. Ils rotaient. Ils ressemblaient, plus que tous les autres, à l'homme commun du XXᵉ siècle.

Dans chacune des salles, un trio d'alerte tournait sa même ronde mélancolique, au même rythme de la même plainte. J'en trouvai un autre au sommet du cône, sur la minuscule plate-forme extérieure à laquelle aboutissait l'allée montante. Il surveillait la campagne. C'était certainement lui qui m'avait décelé. Mon scaphandre vert qui se confondait avec l'herbe m'avait permis d'échapper aux regards de l'argus. Mais dès que je m'étais mis à siffler et crier, les oreilles-bananier m'avaient entendu. Par quel mystérieux moyen les bergers avaient-ils aussitôt connu ma présence, et les guerriers reçu l'ordre de me détruire? Ma première visite en l'an 100 000 ne m'a pas permis de le préciser. Je crois cependant connaître, depuis mes explorations dans les siècles antérieurs, la force qui permet aux hommes nouveaux de communiquer entre eux. Il me reste à découvrir la façon dont ils l'emploient.

De ce lieu élevé, mon regard s'étendait au loin. Des cônes, pareils à celui que je venais de visiter, s'élevaient à distances régulières, en nombre infini. Leurs pointes transformaient les horizons en lames de scies. Chacun d'eux était couronné par la même trinité grotesque et désolée.

Le peuple des cultivateurs s'affairait lentement auprès des vaches et des porcs, et des bosquets d'arbres fruitiers. Je ne vis plus aucune trace du massacre. L'herbe miraculeuse avait déjà repoussé. La prospérité des pâturages effaçait le souvenir de la mort. D'autres vaches broutaient le gazon. Le peuple des cultivateurs s'affairait lentement parmi les animaux blancs et roses, taches douces à l'œil sur le vert profond. Le concert des sifflets et des orgues souterraines emplissait l'air d'une vibration rassurante. Le soleil brillait dans un ciel d'émail. Le monde nouveau offrait l'image d'une paix sereine.

Je résolus de prendre un film. J'arrêtai le vibreur et sortis ma caméra. Je reçus le choc de l'odeur puissante de l'herbe, que j'avais presque oubliée. Elle pénétra dans ma tête et dans ma chair, sur le rythme des longs ronflements qui montaient de la terre, m'envahit jusqu'au fond de mes bottes. Je me sentais devenir vert. La tiédeur de l'air me baignait comme une eau, me comblait de bien-être. La même torpeur qui m'avait déjà envahi ralentit mes mouvements et assoupit ma curiosité. La caméra pendit au bout de mon bras. Je réagis vivement, et continuai ma prise de vue.

Derrière moi, le trio d'alerte avait accéléré sa ronde. A une cadence précipitée, son gémissement monta jusqu'à l'aigu. Le nez-olifant me humait bruyamment à chaque tour. Les oreilles ramaient autour de ma tête. Les yeux-tentacules m'enveloppaient d'arabesques; leurs prunelles navrées passaient en éclair devant mon visage.

J'entendis résonner, dans les entrailles de la terre, les poitrines-tambours. Je me représentai la marche des guerriers impitoyables le long de la piste en colimaçon. Je n'attendis pas leur arrivée... »

Annette se trouvai   dans le laboratoire
quand Saint-Menoux r   . Son père sommeillait
au salon, près de la fenêtre ouverte, le nez dans sa
barbe. Annette rangeait les instruments dont il
s'était servi, les flacons où clapotaient les liqueurs
troubles. Elle ferma un placard, chantonna en
traversant la pièce. Elle avait libéré ses cheveux qui
roulaient sur ses épaules en lourdes boucles vivantes.

L'image du grand garçon l'emplissait tellement
qu'elle avait à peine conscience de penser à lui.
D'abord inquiète de son départ, elle s'était vite
rassurée, certaine de le revoir comme de revoir
le soleil après la nuit.

Il surgit devant elle, vertical.

Elle poussa un petit cri, et mit ses deux mains sur
son cœur.

— Oh! dit-elle, vous m'avez presque fait peur...

Il ne répondit pas, ne bougea pas. Il la regardait.
Dans son esprit grouillaient les images des
hommes du millième siècle. Les ventres hideux, les
gueules de requins, les yeux baladeurs, les mains à
crocs, les poitrines monstrueuses, les derrières
soudés, dansaient dans sa mémoire une farandole de
cauchemar. Et voici qu'il était accueilli à son retour
par la plus merveilleuse créature de son temps : une
jeune fille.

Il la regardait, il découvrait les miracles d'harmonie de ses formes, de son teint, de ses attitudes.

« Comme ses yeux sont grands! pensait-il. Comme ses lèvres sont roses et douces! comme ses joues sont pâles, dans ses cheveux noirs!... »

Il s'émerveillait d'appartenir à un monde qui possédait des millions de semblables créatures. Tout autour de la terre, dans le jour et dans la nuit, dans l'aube et dans le crépuscule, fleurissaient les jeunes filles. Et celle-ci, simple, tendre, parfumée de sa beauté et de sa jeunesse, celle-ci lui était promise. Maintenant il le savait.

— Annette... dit-il d'une voix un peu sourde, Annette, jamais je ne pourrai assez remercier Dieu de vous avoir faite si belle.

Il s'approcha. Les yeux d'Annette grandirent encore, dépassèrent son visage, emplirent le ciel.

Pierre jeta ses gants au loin, posa ses mains sur les épaules rondes, sentit leur chaleur de colombe. Il ferma ses bras sur la jeune fille, la fit entrer dans son cœur, devint léger, immense.

Ses bras crispés doucement se relâchèrent. Annette dégagea sa tête écrasée contre la poitrine du garçon. Sa joue portait la marque d'une courroie. Elle s'inclina en arrière et aperçut loin au-dessus d'elle une figure de laine verte et deux yeux bleus derrière des vitres.

Elle poussa un grand soupir, pour vider un peu du bonheur qui l'étouffait.

Lui, de là-haut, voyait un visage bouleversé tendu vers lui, une parenthèse d'ombre entre deux seins cachés. Il vit dans les yeux d'Annette naître, s'épandre, briller une larme; et lentement se fermer leurs paupières.

Il crut que la nuit venait. Il appela :

— Annette!

Elle ouvrit ses yeux illuminés et sourit avec une tendresse infinie, afin qu'il fût pour toujours rassuré.

126

Suite du rapport de Saint-Menoux.

« En deux mois de notre temps ordinaire, j'ai traversé trente fois mille siècles, et suis trente fois revenu de cet avenir. Le vibreur m'a permis de me mêler sans danger à la vie de nos descendants. J'ai accumulé les observations. Il me convient aujourd'hui d'en faire la synthèse.

Au cours d'un certain nombre de voyages qui précédèrent ma première exploration en l'an 100 000, j'avais pu suivre le début de l'évolution subie par l'humanité à partir de l'an 2052. Cette année-là, l'énergie que nous nommons l'électricité disparut [1].

1. Ici Saint-Menoux, malgré son esprit scientifique, commet une erreur. Dans *Ravage*, qui est le récit de cet événement, de ses conséquences pour l'humanité et des aventures de François, à travers le monde qui s'écroule, jusqu'à l'établissement de sa dynastie, l'auteur, qui a étudié les faits autant qu'il était possible de le faire, en arrive à cette conclusion : l'électricité *n'a pas disparu*, elle a simplement cessé, en un instant et dans le monde entier, de se manifester sous ses formes habituelles. Ainsi les corps jusque-là conducteurs brusquement ne le sont plus. Ainsi, il n'y a plus de courant, plus de foudre, plus d'étincelles, plus rien dans les piles ni les accus. Ainsi tous les moteurs, y compris les moteurs atomiques et les moteurs solaires à cellules photo-électriques, s'arrêtent au même instant dans le monde entier. D'un seul coup, tous les véhicules stoppent, tous les avions tombent, toutes les usines cessent de tourner. Plus de transports, plus de courant, plus d'eau, plus de vivres dans les immenses

Ce fut une catastrophe. Neuf hommes sur dix moururent. Cela se fit beaucoup plus vite et plus efficacement qu'au cours des guerres les plus perfectionnées.

Les survivants, je pus bientôt m'en assurer, disposèrent d'une force nouvelle, issue de leur cerveau. Peut-être l'électricité n'avait-elle fait que se transformer. Certains indices m'inclinent pourtant à croire que l'énergie nouvelle existe déjà de nos jours. Mais nous ignorons son existence et négligeons de la découvrir : la puissance de nos machines nous suffit.

Tous les êtres humains, après 2052, furent plus ou moins doués de cette force. Mais peu d'entre eux surent en tirer parti. Le premier qui l'utilisa volontairement et rationnellement fut un paysan nommé Fortuné qui trouvait les travaux des champs pénibles. Il parvint à se faire obéir au premier mot, puis sans parler, non seulement des hommes, mais des animaux, enfin des choses. Les outils dont il avait besoin arrivaient dans sa main. Bientôt il n'appela plus les outils, mais seulement sa pipe ou la cruche. Il demeurait sur son banc, au soleil. Vingt hommes travaillaient pour lui. Il asservit tout le village, et prit du ventre.

Ceci se passait vers l'an 3110. Le roi Honoré III, quarante-cinquième successeur du patriarche François, fit comparaître devant lui Fortuné et le condamna à être brûlé vif. Fortuné surgit souriant

villes qui ont drainé toute la population du XXIe siècle. C'est un écroulement effroyable et subit, à cause de ce simple phénomène : une des forces naturelles auxquelles l'homme s'est habitué a tout à coup changé d'aspect. Quelles sont les causes de ce changement? L'auteur ne saurait vous le dire. Mais sauriez-vous lui dire quelles sont les causes qui font de l'électricité, aujourd'hui, ce qu'elle est? *(Note de l'Éditeur.)*

des cendres du bûcher. Le peuple qui lui avait craché dessus l'acclama, fit subir à Honoré le poids de sa colère, et installa sur le trône le miraculé.

Le nouveau souverain était un bon vivant. Il voulut faire le bonheur de ses sujets. De tous ses sujets, sans injustice. Il commença par rechercher quelques cerveaux puissants, constitua par leur réunion une sorte d'accumulateur d'énergie mentale. Cet organisme portait dans la langue de l'époque le nom de bren-treuste. Les hommes de cerveau faible, c'est-à-dire la multitude, subirent sa volonté. Il commanda au roi lui-même et l'absorba. Il devint le maître de l'humanité.

Dès cet instant, les hommes qui le composaient perdirent leur individualité. Ils ne purent profiter de leur toute-puissance. Leur volonté commune, tendue vers le bonheur de leurs semblables et qui dirigeait inexorablement ceux-ci vers une étrange félicité obligatoire, les ployait eux-mêmes sous sa loi. Ils devinrent malgré eux les serviteurs de la cité qu'ils commandaient. Leur nombre augmenta, leur puissance collective s'accrut prodigieusement. Leur pouvoir personnel était nul. La force qui émanait d'eux semblait vivre une vie propre. Les principes de justice et de bonheur social, pensés de façon exacte par les cerveaux des hommes se libéraient de l'autorité humaine qui n'avait jamais su les appliquer. Ils se constituaient en énergie indépendante. Ils allaient désormais régner avec une parfaite rigueur.

Pour le bien de tous, la force nouvelle a fixé à chaque homme une tâche précise, a modifié son corps afin de lui rendre son travail plus facile, a diminué la puissance de ses sens dans le but de lui éviter non seulement toute douleur, mais toute sensation inutile au fonctionnement de la cité.

Ainsi l'homme est-il devenu peu à peu, au cours des siècles, la cellule d'un corps social parfait. Il ne voit, n'entend, ne sent que ce qui concerne sa tâche, dont rien ne le détourne. Il ne connaît ni la souffrance, ni le regret, ni l'envie.

La population du globe s'est multipliée. Elle a modifié son habitat selon le même principe de justice. Attaqués par une formidable main-d'œuvre, les montagnes ont été rasées, les océans comblés, les fleuves enterrés, les terres nivelées. Au circuit extérieur de l'eau : pluie-rivière-mer-nuage-pluie, a succédé une circulation interne. Les ruisseaux et les fleuves courent à l'intérieur du globe en un mouvement perpétuel entretenu par les différences de température du sous-sol. Des canaux creusés de main d'homme irriguent par-dessous les prés et les vergers, donnent à l'air, par l'intermédiaire des plantes, l'humidité nécessaire à la vie, transportent la chaleur du feu central vers les pôles et l'hémisphère menacé par l'hiver. Ainsi se trouve abolie cette inégalité naturelle qui faisait bénéficier un Européen du Sud d'un climat tempéré, alors que son frère Esquimau, né égal en droits, subissait les rigueurs du froid.

Notre terre n'est plus reconnaissable. Toute plate, toute tiède, elle n'offrirait aucun attrait au touriste. Mais il n'y a plus de touriste au M^e siècle, plus d'oisif, plus d'homme qui profite égoïstement du travail des autres et passe son temps à son plaisir. Chacun travaille pour tous, et tous travaillent pour chacun sur ou sous un sol dépourvu de pittoresque. Plus d'orages, plus de cascades, plus de montagnes altières, plus de coteaux modérés. La plaine partout. Le soleil toujours.

En tous lieux où j'ai parcouru la terre, je l'ai vue jalonnée par des alignements des cônes où vivent les hommes-ventres. Entre ces constructions innombrablement pareilles, le sol est couvert de pâturages et de forêts d'arbres fruitiers. L'homme nouveau ne pratique pas la culture à proprement parler. Il s'est contenté d'exterminer tous les végétaux inutiles ou nuisibles. Il a également détruit les oiseaux, les poissons, les reptiles, les batraciens, les insectes et les arachnides, les vermidiens et les mollusques, les protozoaires et les cœlentérés, les spongiaires et les échinodermes, les arthropodes et les tuniciers, tous les habitants des eaux, de l'air et de la terre, dont il avait renoncé à se servir. Les mammifères ont été réduits à deux espèces : les vaches et les porcs devenus herbivores.

Sous la croûte verte du sol, hérissée de cônes, des millions de galeries percent le globe en tous sens. L'eau, la vapeur et le feu y circulent, surveillés par le peuple des ouvriers souterrains.

Ces travaux prodigieux dont nos machines n'auraient jamais pu venir à bout, dont aucun cerveau de notre temps n'aurait pu concevoir le plan d'ensemble, ont été pensés et dirigés par l'énergie collective, et exécutés par la multitude, sans le secours du moindre outil. Les océans ont été comblés avec des poignées de terre, les montagnes grattées à la main. Mais quelles mains ! Les membres antérieurs des ouvriers qui veillent à l'entretien et au renouvellement des canaux souterrains sont devenus des bêches fouisseuses, faites d'une corne plus dure que l'acier...

Il convient de ne pas oublier, d'autre part, que l'humanité nouvelle dispose d'une prodigieuse quantité de travailleurs et que ces travaux ont été exécutés peu à peu, avec une patience et une obstination que notre monde constamment occupé à changer de régimes et d'idéaux ne saurait même imaginer.

Quelques voyages dans le temps qui nous sépare de l'an 100 000 m'ont permis de connaître approximativement la durée de certains travaux. L'érosion humaine a mis onze mille ans à raser les Alpes. Le dernier brin de chiendent a été arraché en l'an 98 000, la dernière puce écrasée après quinze siècles de guerre sans merci. Un monde parfait ne saurait être construit du jour au lendemain.

Les ouvriers du sous-sol sont dépourvus d'appareil respiratoire tout autant que de tube digestif et d'organe reproducteur. Leur corps n'est qu'une masse formidable de muscles. Leur tête aplatie leur sert à tasser les déblais. Ceux qui travaillent près du feu central se meuvent dans l'eau bouillante, dans les flammes, pataugent dans la lave, sans éprouver le moindre malaise. L'énergie collective qui règne sur la cité les gaine d'une sorte de cuirasse isolante. Certaines peuplades de notre temps semblent avoir connu cette immunité. Des voyageurs ont vu des fakirs hindous, ou des sorciers nègres, marcher nu-pieds sur des charbons ardents sans recevoir de brûlures. C'est ce qui m'incline à supposer que l'énergie mentale aurait pu se cultiver de notre temps si l'électricité ne nous avait suffi.

La société de l'an 100 000 est donc régie par une justice inexorable. L'individualisme qu'on nous a tant reproché n'y est plus même concevable. L'homme s'est oublié en tant qu'individu. Il ne possède plus de sensation ni de pensée personnelle. Il vit pour et par ses frères.

Cependant, même dans ce monde si bien organisé, règne une inégalité flagrante. Les uns travaillent sans manger, les autres mangent sans travailler. Ce qui établirait une certaine parenté entre ce siècle et le nôtre, si les aliments ingérés par les hommes-ventres ne profitaient à tous. Ce qui n'est pas le cas chez nous.

La classe des guerriers semble la plus favorisée car il ne lui reste plus grand-chose à exterminer. Les vaillants soldats passent leur temps à dormir debout, toujours en rangs par quatre, dans d'immenses salles souterraines. Ils sont, en même temps que les cultivateurs, chargés de la fonction respiratoire du corps social. Leurs ronflements composent ce bruit d'orgue qui fait vibrer le sol.

Les guerriers et les cultivateurs respirent, les hommes-ventres digèrent, les trios d'alerte sentent, voient, écoutent pour tous. Je n'ai pu encore découvrir comment se transmet de l'un à l'autre le profit des digestions, des respirations, ou la sensation cueillie par un de ces organes sensoriels développés outre-mesure. Sans doute tout cela est-il versé à la réserve commune d'énergie dans laquelle baigne l'humanité nouvelle. Comment chacun y puise-t-il? Les hommes du Mᵉ siècle ne semblent pas posséder d'organe nouveau destiné à cette fonction. Je suppose que leur système nerveux, ou ce qui reste de leur cerveau, est directement irrigué par ce flux, nouveau sang collectif.

Moi-même, si je n'y prenais garde, je subirais très vite l'emprise de la force nouvelle. Le vibreur arrêté, je dois faire attention à ne pas laisser ma personnalité s'évanouir. Je me suis surpris à siffler avec les vachers, à ronfler avec des soldats, à tendre vers les petits porcs grassouillets des mains avides. Le moindre incident m'éveille et me rend à moi-même.

Je n'ai trouvé trace nulle part d'organe directeur. Le bren-treuste, dépassé par sa volonté, se serait-il peu à peu résorbé? J'espère donner une réponse à cette question au cours de mes prochains voyages. Une autre question non moins grave se pose : comment les hommes nouveaux se reproduisent-ils? Car je n'ai pas rencontré de femmes dans ces temps avancés. Et si j'écris le mot « homme » pour désigner les êtres que j'ai vus, c'est faute d'un substantif plus approprié. Car ils sont tous dépourvus de sexe, même atrophié.

Je n'oublie pas que mes explorations n'ont d'autre but que de découvrir le secret du bonheur, sinon pour l'homme, du moins pour les hommes. L'ont-ils enfin trouvé? Il est certain qu'ils ne sont pas malheureux. C'est déjà beaucoup. Sont-ils heureux? Je ne peux résoudre ce problème avant de savoir s'ils connaissent l'amour. »

A ses retours des temps futurs, Saint-Menoux retrouvait avec un bonheur grandissant la présence d'Annette. Elle représentait pour lui tout ce qui, dans notre humanité si archaïque, agitée de si effroyables secousses, tachée de tant de misères, donnait pourtant à la vie un goût de merveilleuse douceur.

Elle avait de longs cheveux qui roulaient sur ses épaules en boucles inutiles, des seins gracieux qui ne serviraient peut-être jamais à rien, et des mollets dont le tendre galbe n'était certainement pas indispensable à la collectivité. Ses yeux noirs, si grands, si rayonnants, semblaient à Saint-Menoux moins faits pour voir que pour être contemplés. Elle s'habillait simplement, mais à ravir, se parfumait avec délicatesse. Son petit pied chaussé d'un soulier de forme fine, ses deux mains croisées, le mouvement d'une robe stricte autour de sa taille et de ses hanches, paraissaient merveilleusement aimables au jeune homme, quand il revenait du monde nouveau.

Il l'aimait pour ce qu'elle était et pour tout ce qu'il ne trouvait plus dans la cité future. Elle résumait à son cœur le printemps, les fleurs qui poussent leurs gentils visages vers le soleil, les oiseaux qui ébouriffent leurs plumes au lever du jour, les gouttes d'eau que les ruisseaux jettent aux brins d'herbe, les joues roses des montagnes au crépuscule, le dessin des étoiles de mer sur le sable.

Il l'aimait chaque jour davantage, et ne manquait pas de le lui dire quand il se trouvait seul avec elle. Il lui parlait peu, mais ne se lassait pas de la toucher. Il demandait à ses doigts de lui confirmer l'émerveillement de ses yeux. Il posait sa main sur la rondeur de la hanche ou de l'épaule, plongeait ses doigts écartés dans la fraîcheur des cheveux. Il l'attirait contre lui pour la sentir de tout son corps, se penchait et posait ses lèvres sur le front blanc. Alors il se sentait pénétré par la chaleur du monde. Il oubliait ses grands os, ses manches trop courtes. Il devenait partie de la joie universelle, comme une branche fleurie dans le souffle de mai.

Devant Essaillon, les jeunes gens reprenaient leurs distances. Pierre attendait d'avoir terminé son étude de la civilisation avancée pour se déclarer officiellement.

Annette, pour sa part, savait quel amour jaloux lui portait son père. Elle craignait qu'il ne souffrît de la voir aimer autre que lui, fût-ce ce collaborateur estimable. Elle redoutait le moment où il apprendrait leur accord. Elle était heureuse. Elle retardait le moment de le rendre malheureux.

Rapport de Saint-Menoux (fragments).

« N'existait-elle plus ? Le monde était-il redevenu le Paradis sans Ève ? Je ne pouvais le croire. Je suis reparti dix fois exprès pour la trouver. J'avais tapissé le laboratoire de photographies de femmes occupées aux tâches qui leur sont propres : le ménage, la cuisine, les soins des enfants. Je m'en emplissais les yeux avant de partir. Cela ne donnait aucun résultat. Je les remplaçai par des portraits de nourrices. Ils me conduisirent en plein pâturage, parmi mes amies les vaches. J'achetai, en rougissant, à un camelot crasseux et ricaneur, une série de cartes postales obscènes. Mais je renonçai à m'en servir. L'amour est devenu, pour nos contemporains, vice, plaisir, ou habitude, le plus souvent distraction. Dans le monde du M^e siècle, je ne doutai pas qu'il fût retourné à sa simplicité de fonction. C'est un film scientifique que j'ai finalement utilisé. Destiné aux étudiants en médecine, il montrait les péripéties d'une naissance difficile. Je suis donc parti l'esprit occupé par des images biologiques et libéré de toute tendance érotique ou sentimentale.

... J'arrive en fin de journée. Une montagne se dresse à quelque distance devant moi. De forme hémisphérique, elle est visiblement construite de mains d'hommes. J'évalue son diamètre de base à deux kilomètres environ. J'ai appuyé sur le vibreur dès mon arrivée, car une foule m'entoure. Les êtres qui la composent sont nouveaux pour moi. Ils m'arrivent au genou. Ils se hâtent tous dans la même direction : vers la montagne. Je m'abaisse à leur niveau pour les mieux voir. Ils me traversent en courant. Quelle tâche urgente les appelle? Pour la première fois, je me trouve devant des individus qui nous ressemblent. Est-ce pour cette raison que je les trouve beaux? Leurs cheveux courts et frisés, leur tête ronde, les traits fins de leur visage, leurs muscles bien dessinés me rappellent le bronze d'art *L'Athlète* qui trône sur la cheminée de ma logeuse, entre les deux vases simili-chinois pleins de vieux bas à repriser. Le sculpteur prude ne l'a point pourvu de virilité. Pas davantage n'en possèdent les homoncules qui m'entourent. Leur piétinement évoque celui des interminables troupeaux en transhumance sur les routes de Provence. Le soleil couchant ourle de vermeil leurs silhouettes, empourpre la poussière qui s'élève au-dessus d'eux, et vernit de rose la montagne. Cette fois encore je ne trouve autour de moi ni homme ni femme. Mon nouveau voyage sera-t-il vain?

Je me jette en avant d'un élan des épaules. Je glisse au-dessus de la multitude. Les battements de mon cœur me soulèvent et m'abaissent. J'avance à la façon d'une épave poussée par les vagues.

Les petits êtres ne peuvent bientôt plus courir, plus marcher tant ils sont nombreux. Ils se pressent les uns contre les autres, s'entassent, s'embriquent comme figues sèches. Ils ne progressent plus. Leurs pieds impatients râpent en vain le sol. Leurs têtes innombrables ondulent comme moisson dans la poussière glorieuse. Je franchis cet agglomérat, je parviens à un espace vide. Quelques mètres séparent la foule de la paroi de la montagne. Il semble qu'elle soit arrêtée là par une force supérieure. Une émotion violente exalte les hommes du premier rang. Derrière, les nouveaux arrivés poussent, piétinent. Des milliers de talons nus, d'orteils crispés, frappent la terre. Les corps pressés craquent, la masse humaine, lentement, se déplace, tourne autour de la paroi de terre.

Dans le mur circulaire s'ouvrent de place en place, environ tous les deux mètres, des portes sombres, à l'échelle des petits hommes. C'est vers elles qu'ils regardent, c'est leurs ténèbres que fouillent leurs regards. De temps en temps, l'un d'eux semble trouver ce pourquoi il est venu du fond de l'horizon. Il pousse un cri de joie, se détache de ses frères, et se précipite dans l'ouverture.

Je me penche pour regarder à mon tour dans une de ces portes et ce que je vois me comble d'étonnement. Je vais d'une porte à l'autre, j'en scrute une centaine. Parfois un homoncule me traverse comme une flèche, et j'entends ses pas pressés mourir dans l'épaisseur de la muraille.

Sous chacune de ces voûtes sombres, là-bas, loin, au milieu d'un tunnel, palpite une image violemment éclairée, une image qui semble à la fois vivante et impalpable, un fantôme paré de toutes les couleurs de la chair.

Ici c'est un buste de femme, là un visage, un flanc maigre, une croupe grasse, un ventre plat, un sein rond et doux, un sein aigu, un sourire, une chevelure blonde, une fossette, un ventre à plis, un grain de beauté sur une hanche, une main, un œil bleu, un nez droit, un nez aquilin, une cheville, une lèvre ombrée, une oreille...

Je regarde, je regarde encore. Je vois mille fragments de corps féminins, gras ou maigres, laids ou beaux, blonds ou bruns, jeunes ou vieux. Toutes les femmes. Toute la femme. Les petits hommes tournent leur ronde autour de cet échantillonnage, et chaque fois que l'un d'eux se trouve en face de son idéal, il se précipite, traverse l'image, disparaît dans les ténèbres. L'image continue de palpiter et de s'offrir aux amateurs.

Je veux essayer de filmer une de ces apparitions. Voici un dos d'une pureté de lignes admirable, beau comme un fragment de statue antique. Il me semble assez lumineux pour impressionner la pellicule. J'arrête le vibreur, je sors ma caméra, la tourne vers la porte étroite.

Une violente émotion m'étreint : les blanches épaules ont disparu. A leur place deux yeux noirs me regardent, deux yeux que je connais bien, des yeux que j'aime, les yeux d'une femme dont je n'ai pas à dire ici le nom, mais qui est toute ma vie. Ils me regardent, ils m'appellent. Ils brillent de la plus belle lumière du monde. Ils me disent leur amour. Celle que j'aime m'appelle. J'entends sa voix. La multitude piétine, halète, geint. Dans le bruit de marée, j'entends la voix bien-aimée : " Viens, je t'aime, je suis tienne... " La multitude souffre, gémit, sue. Dans son odeur de troupeau, je sens le parfum de nuit de celle qui m'attend. Je sens sa chaleur sur mon corps. Une énergie incroyable m'exalte. Je lève les bras au ciel. Mes muscles gonflés font craquer mes os. Mon sang résonne en fanfare. J'avance, je cours, je crie de joie. Je vais prendre ma bien-aimée...

... Je me heurte brutalement au mur de la montagne. Le choc me réveille. Mon nez saigne dans la cagoule. La porte, par bonheur, est bien trop petite pour moi. Grâce à Dieu! les lunettes sont en verre incassable. Avant que le mirage m'ait repris, je mets en marche le vibreur. Je viens de subir, une fois de plus, les effets de la force qui commande à la cité nouvelle.

Je veux savoir quelle eût été la suite de mon aventure si j'avais pu franchir l'entrée. Je m'élance vers le mystère. Après avoir traversé cent pas de muraille, je débouche dans une immense coupole. Des champignons bleus l'éclairent comme un ciel d'été.

Une masse gigantesque l'emplit entièrement, presque au ras des murs. Une masse vivante... Un être démesuré, demi-sphérique, qui doit peser plusieurs centaines de milliers de tonnes, abrité dans la montagne comme un mollusque dans sa coquille. Sa peau rose est étrangement douce, aussi satinée qu'une joue d'enfant, ou que le ventre pur d'une jeune fille.

Devant chaque couloir qui communique avec l'extérieur, le monstre étend un court appendice terminé par une bouche molle. Lorsqu'un des hommes minuscules arrive en courant, la bouche s'ouvre, l'engloutit et se referme avec un bruit mouillé. L'appendice se résorbe, la montagne de chair déglutit sa proie avec un frisson de plaisir, et la bouche reprend sa place devant l'orifice ténébreux.

J'ai fait le tour du géant. Je l'ai trouvé pareil de partout. Il avale par toutes ses bouches, à la cadence de plusieurs centaines par minute, la foule des hommes ravis. Ses milliers de lèvres qui s'ouvrent et se ferment composent un bruit mou, un clapotis de mer d'huile.

La foule impatiente qui se presse au-dehors ne doit pas connaître la mort abominable qui l'attend, le piège affreux vers lequel l'attire le mirage. Mais ces êtres ont-ils seulement la notion de la mort?

En examinant de plus près le géant, je me suis aperçu qu'il ne repose pas sur le sol, mais s'y enfonce. Je n'en ai vu jusqu'à présent que la partie supérieure. Je plonge dans la terre. Je m'enfonce comme une pierre dans l'eau.

J'arrive dans une salle prodigieusement grande, éclairée de la même lumière vive. Une foule composée de tous les échantillons d'hommes du M^e siècle s'affaire autour de moi. Et j'entends de nouveau ce bruit particulier aux temps nouveaux, ce bruit que je voudrais qualifier de silencieux : le piétinement innombrable d'êtres qui ne prononcent pas une parole, ne poussent pas un soupir.

Au plafond de la salle, vaste comme un ciel, je vois, stupéfait, pendre le bas de l'être-montagne, pareil à la partie inférieure d'une montgolfière. La manche béante qui la termine est aussi large que la Seine et les Champs-Élysées réunis. De cet organe sort sans arrêt, lentement, un conglomérat qui s'émiette en touchant le sol. Chaque fragment se met à remuer, s'ébroue, se lève : c'est un homme des temps nouveaux. Je vois surgir par milliers des guerriers, des cultivateurs, des ventres, des ouvriers du sous-sol, des trios d'alerte qui se tiennent déjà par la main, et bien d'autres que je ne connaissais pas encore. Ils se trient aussitôt par espèces, et chaque foule particulière se dirige vers une porte différente. Les cultivateurs emmènent sous leurs bras les hommes-ventres pliés menu.

Je comprends d'un seul coup le sens de tout ce que j'ai vu depuis mon arrivée. J'assiste en ce moment à la naissance multiple et ininterrompue des hommes nouveaux. L'être-montagne blotti dans sa carapace de terre, c'est — je n'ose écrire la femme — c'est la femelle, c'est la reine. Et les homoncules qui piétinent d'impatience dans la poussière, ce sont les mâles.

Je comprends maintenant leur joie. C'est vers la vie, et non pas vers la mort, qu'ils se précipitent. Comme mes contemporains, mes frères, me paraissent misérables à côté d'eux! Comme je me sens mesquin! Nous ne nous donnons à la femme que pour nous reprendre aussitôt. Nous sommes pleins de calculs et d'arrière-pensées. Après une seconde d'abandon, nous nous rétractons dans notre cuirasse de suffisance et d'égoïsme. Nos descendants lointains, eux, se donnent tout entiers; cuir et chair, une fois pour toutes! Ils n'ont pas besoin d'organe mâle. L'organe c'est leur corps, qui se dissout totalement au sein de la femme, comme quelques poètes et amoureux de notre temps ont souhaité — avec la sécurité de savoir que c'était heureusement impossible — de se fondre dans l'objet aimé. Chacun de ces individus, sacrifiés par la loi de la cité, perd l'existence dans un paroxysme d'amour, pour assurer la continuité de l'espèce. De cette union parfaite de la femelle et des mâles naissent des enfants adultes, qui savent déjà ce qu'ils ont à faire, et se hâtent vers le lieu de leur travail.

Le mirage à mille visages, qui attire les petits mâles vers la femme unique est peut-être le seul trait commun entre leurs amours et les nôtres...

Je suis revenu dans la salle supérieure. Le sacrifice continue. Il doit être ininterrompu, se poursuivre nuit et jour, comme les naissances.

Je me laisse monter doucement, flocon de vapeur invisible, le long du flanc rose derrière lequel s'accomplit le mystère. Je suis sa courbe douce. Je parviens à son sommet.

Tout en haut de l'énorme masse, sous la voûte de la coupole, dans un lit de cheveux d'or repose la tête de la reine. A peine plus grande qu'une tête de femme nôtre, elle s'incline en arrière, les yeux clos. Ses cheveux l'entourent de leurs vagues, viennent battre mes pieds de leur flot blond. Ses traits fins, son front lisse, ses oreilles menues, son teint très pâle, lui composent une émouvante beauté. Ses joues un peu creuses abritent une ombre pathétique. Ses lèvres closes esquissent un sourire qui la baigne de mystère. Elle est belle, de la beauté de toutes nos femmes, et son visage exprime ce bonheur suprême de l'amour qui touche à l'angoisse de la mort.

Comme un orage, une expression violente boule-verse parfois la face baignée d'or, tord sa bouche, ravage son front. Sans ouvrir les paupières, elle se tourne à droite et à gauche dans l'oreiller de ses cheveux, se débat, puis peu à peu retrouve son calme, sans que j'aie pu deviner si c'est la joie de l'épouse ou la souffrance de l'accouchée qui a un instant troublé son ineffable repos... »

Saint-Menoux, au cours du même voyage, découvrit plusieurs de ces êtres-montagnes, disposés de loin en loin sur la ligne de l'Équateur.

Lorsqu'il fut de retour près d'Annette, il considéra avec moins d'enthousiasme le sort des petits mâles du M^e siècle. Il regardait la jeune fille, gracieuse et souple, aller et venir dans la maison, disposer de ses mains de fée un ordre harmonieux. Il pensait avec bonheur qu'après s'être perdu en elle, il pourrait se retrouver, afin de se perdre encore.

Annette, de son côté, essayait de se représenter sa sœur des temps futurs, telle que le jeune professeur la lui avait décrite. A l'imaginer en train d'absorber une telle quantité de mâles, elle se sentait soudain envahie d'un grand trouble. Elle se voyait entourée de milliers de petits Saint-Menoux, mais son rêve n'allait pas plus loin. Elle rougissait, levait ses yeux brillants vers le grand garçon qui résistait à l'envie de la prendre dans ses bras en présence de l'infirme.

Celui-ci travaillait à son *Essai sur l'évolution de l'espèce humaine*. La passion scientifique lui bouchait les yeux. Le dernier rapport de son collaborateur l'avait bouleversé. Il mit au point une nouvelle caméra, munie de films sensibles aux rayons infrarouges. Il s'enferma quelques jours dans le laboratoire, et un beau matin déclara à Saint-Menoux qu'il comptait l'accompagner dans son prochain voyage.

— C'est de la folie! s'exclama le garçon.

Il avait levé les bras pour mieux exprimer sa réprobation. Il heurta le globe électrique qui se balança au bout de son fil.

— Ne démolissez pas mon installation! dit Essaillon en souriant. Pourquoi serait-ce une folie? J'ai traité une chaise de fer à la noëlite. Je partirai assis. J'arriverai de même. Une fois arrivé, le vibreur me mettra à l'abri de tout. Je veux voir au moins une fois le monde futur.

— Je comprends votre curiosité, dit Saint-Menoux en hochant la tête. Je n'en désapprouve pas moins votre projet...

— Curiosité? l'interrompit le savant. Vous n'y êtes pas tout à fait, mon cher. C'est surtout impatience. Nous savons maintenant que dans cette étrange société les uns travaillent, les autres mangent, respirent, font l'amour, accouchent ou se battent, mais nous ne savons pas encore qui pense. Or, sans moi, je crains que vous ne piétiniez encore longtemps avant de trouver.

Machinalement, il froissait dans chacune de ses mains une belle poignée de barbe. Ses yeux devinrent rêveurs. Il poursuivit :

— Or j'ai hâte d'aller plus loin. Ce n'est pas encore l'an 100 000 qui nous donnera le secret du bonheur des hommes. Je crois que cette civilisation est appelée elle aussi à disparaître. Je veux connaître celle qui la remplacera. Le M^e siècle commence à devenir pour moi du passé...

L'après-midi du même jour, il chargea Philomène d'une course mystérieuse. Elle revint avec un homme frisé. Ils s'enfermèrent tous les trois dans la chambre du savant. L'homme parti, Essaillon appela Pierre et Annette.

Ils poussèrent la même exclamation de surprise horrifiée. L'infirme s'était fait couper la barbe. Un menton blanchâtre cachait son cou, tombait en trois rangs sur sa poitrine. Par opposition avec la peau de ses joues si longtemps cachée à la lumière, celle de son crâne pâle paraissait presque hâlée.

C'était un autre homme qui venait de se révéler, une fois ôté le rideau pileux. Un homme plus matériel, moins glorieux. Pour la première fois, Saint-Menoux voyait la bouche du savant dépouillée de son mystère. Elle lui apparut à la fois volontaire et sensuelle, la lèvre inférieure épaisse, et la lèvre supérieure droite, inflexible.

— Elle m'aurait gêné dans le scaphandre, dit l'obèse, en montrant du doigt la moisson d'or que Philomène avait recueillie dans une serviette. Nous allons la donner à la récupération. Il y a de quoi faire une bonne paire de pantoufles !

Ils sont partis. Saint-Menoux, debout, si maigre, si grand, tenait par la main le savant énorme et rond sur sa chaise de fer. C'est Annette qui a donné le signal du départ. Elle a compté « Un! deux! trois! » Ils avaient répété plusieurs fois. Il s'agissait de bien partir ensemble pour arriver de même. A « trois », ils ont appuyé tous les deux sur le bouton.

Annette soupire, s'affaire, met de l'ordre dans le laboratoire, prépare le travail du lendemain, consigne dans un grand cahier relié de rouge le résultat des dernières expériences sur les variations de conductibilité du cuivre noëlité. Elle veut, par son activité, chasser son inquiétude. Elle pense qu'il faudra qu'elle aille faire un tour en 1939. Philomène n'a plus de farine blanche pour la pâtisserie.

Ils sont arrivés au sommet d'une montagne ronde. Du haut de cet observatoire, le savant, très ému, a contemplé le visage nouveau de la terre. Libéré de la pesanteur par le vibreur, il s'est lancé à la suite de Saint-Menoux, comme une outre gonflée d'air chaud. Ils ont flâné autour de la montagne, assisté à la ruée des mâles vers les portes à mirage. Ils ont traversé avec eux la muraille de terre, et vu leur sacrifice. Essaillon a voulu contempler le visage de la reine. Celle-ci était brune. La lumière se reflétait en flammes bleues dans la mer tordue de ses cheveux. Le savant s'est incliné devant la femme mille fois épousée et cent mille fois déchirée. Les paupières pâles, lourdes comme du marbre, se sont lentement soulevées. Les yeux sans prunelles, les yeux blancs de statue, ont fixé les deux hommes bouleversés. Puis ils se sont refermés sur leur rêve immense.

Les vibreurs des scaphandres ne fonctionnent pas absolument au même rythme, et les deux hommes ne se rencontrent qu'à l'occasion des interférences, une vingtaine de fois par seconde. La persistance des images rétiniennes leur permet de lier entre elles ces images successives. Ils s'apparaissent l'un à l'autre comme des fantômes transparents, mais sombres. Pour s'entendre, ils doivent parler lentement. Les interférences mangent certaines syllabes, en prolongent d'autres.

Ils se sont promenés au-dessus de la campagne paisible. Saint-Menoux a dû s'arrêter deux fois pour ouvrir sa cagoule et se moucher. Son rhume devenu chronique pousse des racines douloureuses jusqu'à ses oreilles, et derrière ses yeux.

— Mon pauvre ami, il faudra que je pense sérieusement à vous trouver un remède ! a dit Essaillon.

Cet incident a permis à l'obèse de voir fonctionner le dispositif d'alerte et de contempler les guerriers au travail.

Les deux compagnons ont continué leur voyage, exploré les sous-sols, traversé les rangs d'autres guerriers qui dormaient par bataillon. Ils ont vu les ouvriers incombustibles creuser la terre, plonger dans le feu. Mais ils n'ont rencontré nulle part d'être pensant.

Ils remontent au sommet d'une montagne ronde, arrêtent le vibreur. Essaillon se retrouve assis sur sa chaise fidèle, fixée par des courroies à sa ceinture.

— J'ai emporté, dit-il, quelque chose qui doit nous conduire vers les lieux que nous cherchons.

Il fouille dans sa musette. Son scaphandre aggrave encore la maladresse de ses bras courts qu'il croise avec peine sur son ventre. Il parvient à sortir une grande enveloppe de papier bulle.

— Réglons d'abord nos appareils. Nous allons faire encore un petit saut en avant, d'une demi-heure, juste pour donner à nos esprits l'occasion de nous transporter à l'endroit que nous allons évoquer.

Il tire de l'enveloppe une photographie et la montre à Saint-Menoux. C'est un montage, une sorte de puzzle composé des images des lieux du XX\ :superscript:`e` siècle où règne l'esprit. Il y a la Sorbonne et Heidelberg, Oxford et Polytechnique, l'alignement des dos du *Larousse* en vingt volumes, le dernier ministère de la République française exposé sur les marches de l'Élysée, la façade de Normale supérieure et la coupole de l'Institut.

Ils se sont retrouvés côte à côte dans une grande salle voûtée où règne une chaleur extrême. Devant eux tourne un trio d'alerte. Avant qu'il ait eu le temps de s'alarmer, les deux hommes ont disparu.

La salle, circulaire, n'a guère plus de dix mètres de rayon. Au centre s'élève une colonne autour de laquelle tourne le trio sensible. Une cinquantaine de niches demi-cylindriques sont creusées dans le mur, du sol jusqu'à la voûte. Des hommes, qui ne diffèrent des cultivateurs de surface que par la blancheur de leur peau, vont d'une niche à l'autre, semblent en surveiller l'intérieur. Dans chacune de ces niches s'élève une pile d'objets en forme de cylindres aplatis, légèrement lumineux.

Leur lumière rose se confond avec celle des champignons. Ceux-ci ne dépassent pas, au plein de leur développement, la grosseur d'une bille. Ils croissent, se multiplient et meurent à la vitesse de bulles dans l'eau bouillante.

Pendant la fraction de seconde qui a suivi leur arrivée, les deux hommes ont senti une odeur douceâtre et piquante à la fois leur monter aux narines en même temps que la chaleur. Ils ont eu l'impression d'entrer dans une étable.

Parfois, un des objets cylindriques s'éteint. L'homme de garde, avec précaution, démolit la colonne pour l'en retirer, et sort en l'emportant sous son bras. Un autre homme arrive avec un objet brillant, neuf, et rétablit la pile à sa hauteur primitive.

Le fantôme d'Essaillon a déjà fait plusieurs fois le tour de la salle, flottant le long des murs, s'arrêtant, repartant, comme poussé par une brise capricieuse.

— Que croyez-vous-que-ce-soit? glapit-il en montrant de son bras court une pile qu'il vient d'examiner.

Saint-Menoux se rappelle l'odeur qui l'a accueilli et suppose :

— Fromages?

L'ombre du savant hausse les épaules, et prononce une phrase étonnante :

— Ce-sont-des-cerveaux!

Pierre, stupéfait, doit se rendre à l'évidence. Il reconnaît, aplatis, déformés, les hémisphères cérébelleux, les cornes d'Amon, l'ergot, les didymes, et les lobes sphénoïdaux. L'isthme de l'encéphale s'est rétracté, l'arbre de vie bourgeonne, le calamus scriptorius frémit, l'aqueduc de Sylvius charrie de la lumière, la citerne en déborde, et la grande pinéale luit comme un œil de lapin angora.

Les cerveaux empilés, enveloppés chacun dans une méninge transparente comme cellophane, fermentent doucement et bouillonnent à petit bruit.

L'enveloppe est percée de deux rangées de trous ronds qui se croisent en forme de lettre X. Essaillon la montre d'un doigt tremblant. Sa voix bouleversée d'émotion parvient aux oreilles de Saint-Menoux.

— Le-signe-de-notre-école! dit-il. Le-signe-de-Polytechnique! Il-marque-aujourd'hui-comme-hier-les-purs-cerveaux!

Saint-Menoux comprend alors pourquoi le monde du Mᵉ siècle se trouve si parfaitement normalisé. L'évolution qui a transformé l'humanité au cours de ces cent mille années a pratiquement commencé en 1940. Elle s'est poursuivie, inéluctable, à travers toutes les catastrophes. Le bren-treuste a continué l'œuvre des Comités d'organisation.

Les deux voyageurs, quittant la salle, en trouvent une autre toute pareille, puis une autre, puis d'autres. L'obèse plane devant, hardi, son fantôme de chaise collé au derrière. Ils ont avancé longtemps sans trouver la fin des salles cervicales. Ils enfilent au hasard un couloir perpendiculaire et débouchent dans une vaste avenue souterraine.

Sur les bords de la chaussée, deux files d'hommes noirs marchent à pas lents et lourds. Leur peau brille comme carapace d'insecte. Leurs visages impassibles semblent des masques d'ébène. Chacun d'eux porte sur l'épaule un cadavre.

Guerriers, cultivateurs, ouvriers, trios d'alerte

unis jusque dans la mort, et dont les oreilles et les yeux traînent par terre, s'en vont vers quelque sépulture.

Au milieu de l'allée, les croque-morts luisants reviennent, les mains vides, le dos rond. Le bruit de râpe de milliers de pieds nus sur la terre battue se répercute contre la voûte, emplit l'avenue d'une vibration dense.

Essaillon et Saint-Menoux se sont mêlés à la foule des porteurs. Ils arrivent avec eux au bord d'un immense puits entouré d'un garde-fou. Le long de ses parois, des champignons verts palpitent, éclatent en poussière phosphorescente. Une nuée lumineuse et pâle tourbillonne dans le gouffre, d'où monte un bruit étrange, infiniment lointain, comme une clameur de bêtes abominables, venue d'un autre monde, étouffée par des milliers de lieues de distance, et par des murs immatériels. C'est un bruit à peine plus fort que le silence, pareil à l'écho de la mer dans les coquillages, mais qui apporte du fond de la terre jusqu'aux oreilles des voyageurs une densité d'horreur indicible.

Saint-Menoux sent ses poils se hérisser tout le long de sa peau. Il voudrait partir. Essaillon, calme, regarde.

Une centaine d'avenues débouchent au bord du puits. Les porteurs de cadavres arrivent sans cesse, jettent, indifférents, leurs fardeaux dans le vide, et s'en retournent. Les morts tombent, membres ballants, tête tordue, un œil ouvert, leurs doigts écartés comme des fleurs. Parfois, l'un d'eux trace de son talon, dans la couche des champignons, une longue cicatrice obscure, aussitôt recouverte par la prolifération des bulbes. Il culbute dans la poudre lumineuse, tombe en tourbillons lents. Le nuage verdâtre l'absorbe, voile sa chute. La pluie interminable des morts danse, tombe. Les bras des corps abandonnés font des signes noirs dans la lumière, puis s'effacent. Et d'autres arrivent et tombent. Le bruit de leur chute ne parvient pas jusqu'au bord du gouffre. Ils disparaissent dans la nuée blême, absorbés par le soupir effrayant de l'abîme.

Essaillon lève le bras.

— J'en-ai-vu-assez. Re-mon-tons! crie-t-il.

Saint-Menoux soulagé reconnaît au passage une salle d'accouchement, pénètre dans le sein de la femme-montagne, traverse le magma de ses fœtus, ses entrailles grondantes et ténébreuses et parvient enfin à l'air libre, au sommet du mont.

Il arrête le vibreur, respire à grands traits, retrouve avec joie l'odeur de l'herbe grasse. Il fait un signe amical de la main au bon ciel bleu.

Essaillon reprend souffle. Les quatre pieds de sa chaise s'enfoncent dans la terre.

— Je me demande, dit Saint-Menoux, pensif, à quel enfer aboutit ce trou, et quelles horribles créatures poussaient cette clameur.

— Mon pauvre ami, répond Essaillon, vous ne vous débarrasserez donc jamais de votre imagination? Ce que vous appelez une clameur n'est sans doute que le bruit d'un fleuve ou d'une mer souterraine. Ou peut-être, le rugissement du feu central. Par l'eau ou par le feu, la terre récupère ce qu'elle a donné. Comme les êtres du temps nouveau assimilent tout ce qu'ils mangent et ne rendent aucun déchet, le retour de leurs corps à la poussière est le seul moyen pour le globe de ne pas s'épuiser. Si ces hommes mangeaient leurs morts (pourquoi pas? beaucoup de peuplades nègres le faisaient encore de notre temps) alors la terre donnerait toujours et ne recevrait jamais. Sa matière, petit à petit, se transformerait entièrement en énergie et l'humanité finirait par grouiller au sein d'une planète creuse comme une bulle qui éclaterait un jour dans l'éther...

— Écoutez! l'interrompt Saint-Menoux. Nous sommes signalés.

Le grondement des poitrines-tambours monte du sol. Des files de guerriers sortent des cônes les plus voisins, entourent la montagne d'une triple muraille de poitrines, réduisent en bouillie la foule des petits mâles que l'alerte ni l'approche de la mort n'arrachent à leur ronde autour du ventre de la femme, et commencent à grimper le long de la pente abrupte, en plantant leurs griffes dans la terre battue.

— Il est temps de disparaître, dit Essaillon. Redescendons près de la tête de la reine. Je veux tenter une expérience.

Ils arrivent quelques instants après sous la voûte de la coupole. Essaillon, qui a pris trop d'élan, disparaît dans le corps de l'être-montagne. Saint-Menoux le voit bientôt reparaître, les pieds en l'air.

— J'envie votre aisance! fait le savant après avoir arrêté son vibreur. Pour moi, cette locomotion éthérée est encore pleine de surprises.

Saint-Menoux reprend à son tour contact avec le monde matériel. Sa tête touche presque le plafond de la coupole. Ses pieds foulent une chevelure rousse dont les ondes de flammes s'étendent en plusieurs mètres autour du visage de l'accouchée.

A travers cette glorieuse litière, il sent le corps mollet céder sous son poids, comme un édredon.

— Aidez-moi à quitter cette chaise, dit le savant. Je sens que les pieds de fer vont lui crever la peau!

Avec l'aide du garçon, il se couche sur le côté,

déboucle les courroies, et s'assied enfin à même les cheveux.

— C'est mieux ainsi, dit-il, essoufflé. Nous allons voir maintenant comment l'humanité nouvelle se débarrasse du corps de ces êtres immenses lorsqu'ils viennent à mourir.

— Que comptez-vous faire? s'inquiète Saint-Menoux qui se sent pâlir.

— Eh bien! nous allons tout simplement tuer cette femme! réplique le savant, avec autant de tranquillité que s'il se fût agi d'une souris de laboratoire.

Il tire de sa musette un couteau de cuisine dont la lame jette des éclairs bleus.

— Si nous lui crevons la peau, nous risquons d'être inondés de sang ou de lymphe. Je ne vois en elle qu'un point vulnérable : sa tête. Je suppose qu'il suffira de la lui couper. Voulez-vous vous en charger? Vous êtes plus alerte que moi...

Saint-Menoux s'assied à son tour. La proposition du savant lui a soudain rendu les jambes molles.

— Vous... je... je ne pourrai jamais! parvient-il à répondre. Vous ne devriez pas... C'est un assassinat!

Essaillon hoche la tête.

— Vous ne ferez jamais un homme de science, si vous vous laissez ainsi émouvoir. Vous avez une sensibilité de lecteur de quotidien, mon pauvre ami! Il ne s'agit pas d'un assassinat, mais d'une opération. En sacrifiant cette femme, nous amputons le monde nouveau d'une de ses cellules reproductrices qui sera rapidement remplacée, n'en doutez pas. Et c'est à la disparition de celle-ci et à l'arrivée de la remplaçante que je veux assister. Ah! vous êtes encore bien jeune! Enfin, je vais opérer moi-même.

Il empoigne son couteau et s'approche de la
tête aux yeux clos. Il éprouve de grandes difficultés
à se mouvoir. Il rampe sur son ventre. Il n'a guère
plus d'un mètre à franchir pour arriver à son but.
Il doit s'arrêter plusieurs fois. Il lui a fallu près
de cinq minutes pour couvrir la distance. Il se
redresse, s'assied, attend que sa respiration se soit
calmée. La tête se trouve juste entre ses jambes.
Il se penche en avant à grand effort, parvient à
faire passer ses bras par-dessus son nombril,
attrape la tête par les cheveux, la tire vers lui et lui
coupe le cou.

Saint-Menoux n'a pu détacher ses regards du
visage de la victime. Il n'a vu s'y marquer aucune
souffrance. Les coins frémissants de la bouche, les
sourcils un peu crispés, se sont détendus, et le
beau visage a pris une expression de paix sereine.

— Comme du beurre, dit le savant, en soupirant
après l'effort. Pas d'os, pas de colonne vertébrale,
évidemment! A quoi servirait-elle? Pas de sang
non plus, regardez.

Saint-Menoux voit le cou bien tranché, sans
effusion d'aucun liquide, sans veine, artère ni
œsophage. Quelques filets nerveux piquent de
blanc, çà et là, sa chair rose.

— La section de ce cou, dit le savant, ressemble
à celle du jambon cuit que nous avons entamé hier
à la maison et me rappelle que je n'ai rien mangé
depuis bientôt six heures. Heureusement qu'Annette a eu l'idée de nous faire emporter un casse-
croûte!

Avec un soupir de satisfaction, il sort de sa
musette un pain et un saucisson de foie gras, les
tend à son compagnon.

— Servez-vous, mon cher!

Saint-Menoux fait signe que non. Il ne se sent

vraiment aucun appétit. Il laisse le savant à son repas et part explorer l'intérieur de l'être décapité, ses alentours et ses dessous.

A son retour, il trouve le savant endormi.

Le gros homme a laissé tomber sa tartine intacte. Les mains croisées sur son ventre, il semble s'être encore tassé, arrondi de toutes parts. La cagoule ouverte laisse voir son visage auquel la lumière bleue donne l'apparence d'un marbre. Des ondes fugitives parcourent ses lèvres, ses paupières, son front lisse, ondes de bonheur ou de souffrance à peine perceptibles. Il semble retiré hors du monde, perdu dans une contemplation intérieure ineffable.

Saint-Menoux l'appelle, lui frappe sur l'épaule. Il ne bouge pas. Le jeune professeur effrayé le secoue, crie, le gifle à tour de bras, sans obtenir plus de résultat. Un flacon d'ammoniaque promené sous ses narines le fait enfin sursauter. Il ouvre des yeux égarés, regarde Saint-Menoux sans le reconnaître, et se rendort. Ce n'est qu'après un quart d'heure d'efforts que son compagnon parvient à l'éveiller totalement.

— Je vous avais bien dit de vous méfier! lui reproche Saint-Menoux. Vous vous êtes laissé empoigner par l'énergie collective. Comme cela m'est arrivé plusieurs fois, vous avez pris l'attitude de l'être auprès duquel vous vous trouviez, et...

Il s'arrête brusquement, porte les yeux sur la tête de la femme posée de profil sur sa toison. Le savant rougit.

— J'ai fait un rêve extraordinaire, dit-il d'une voix pointue. Je vous raconterai cela plus tard.

Il détourne la tête, se force à sourire, se frotte les mains.

— Dites-moi plutôt comment va notre opérée, demande-t-il de son étrange voix d'éphèbe.

— C'est extravagant! répond le jeune professeur, bien aise de changer de conversation. Elle se porte comme un charme! Elle continue d'absorber les petits mâles par ses six mille vulves, et de mettre au monde des populations! l'ablation que vous lui avez fait subir ne semble pas plus la gêner que si vous lui aviez arraché un cheveu.

— Je n'en suis pas tellement étonné! remarque l'obèse, qui a repris tout son sang-froid, et dont la voix a retrouvé son registre normal. Déjà, de notre temps, la tête était bien la partie de leurs corps dont les femmes avaient le moins besoin pour vivre! Aidez-moi donc à me rasseoir sur ma chaise. Nous rentrons...

Annette, au jardin, cueillait les dernières roses. La journée s'achevait. Une flamme de soleil restait accrochée en haut des arbres, qu'un vent léger ébouriffait l'un après l'autre. Un couple de ramiers cherchait déjà sa branche de nuit. Des martinets volaient, très haut, dans le ciel dont le bleu pâlissait. Un nuage couleur de souris étirait lentement vers le nord son ventre teinté de rose. Un scarabée maladroit trébuchait sur le gravier de l'allée.

Annette leva son visage vers le ciel et serra dans ses bras la gerbe de fleurs. Une épine lui piqua l'épaule. Elle ferma les yeux. La douleur minuscule lui faisait plaisir comme un fruit acide. Cette journée de septembre avait été lourde et ardente. Sa chaleur roulait encore dans les veines de la jeune fille et faisait battre son cœur à grands coups puissants.

Un effroyable hurlement la pétrifia d'horreur. Elle reconnut la voix de Pierre. Elle fit un effort énorme, jeta les roses, courut vers le laboratoire, y parvint en même temps que Philomène qui, tout en courant, s'essuyait les mains à son tablier.

Annette poussa la porte, fit deux pas, ouvrit la bouche pour crier, et s'écroula. Philomène, grondante de fureur, la traîna hors de la pièce. Saint-Menoux se cramponnait des deux mains à la grande table de marbre. Une affreuse envie de vomir lui montait aux lèvres. Une sueur glacée lui coulait sur le visage et le long du dos.

Devant lui, de chaque côté de la chaise de fer, Essaillon était tombé coupé en deux, des cuisses jusqu'aux vertèbres cervicales, comme par un gigantesque coup d'épée assené de bas en haut. Fesse à gauche, fesse à droite, il avait glissé de chaque côté de la chaise. Sa tête gainée de la cagoule verte restait accrochée au siège, intacte. Derrière les grosses lunettes, les yeux du savant, bien ouverts, ne semblaient marquer ni surprise ni souffrance. Son ventre s'était vidé sur le sol, en une mare puante d'où montaient des fumerolles.

Fin du rapport de Saint-Menoux.

« J'ai enterré mon bon maître au pied d'un bou-
leau dans le jardin qui commence à perdre ses
feuilles. Ma peine est grande. Cher Noël Essaillon,
si gourmand des joies de l'esprit, si curieux de
l'avenir, voici qu'il n'existe plus pour vous ni avenir,
ni passé, ni présent. Je vous suppose maintenant à
même de connaître où débouche ce tunnel qu'est
notre temps de vie, si je me rappelle bien votre
comparaison. Je souhaite pour vous que ce soit en
un lieu d'infinie clarté où rien ne demeure caché
aux âmes avides, comme la vôtre, de tout savoir.

La servante Philomène et moi nous avons
accompli l'affreuse corvée de nettoyer le laboratoire.
Que de pourriture dans le ventre de ce grand
homme ! Il ne mangeait que des mets délicats. Mais
les viandes les plus tendres, les légumes nouveaux, le
pain blanc, sont de l'excrément en sursis. C'est bien
un des plus étranges caprices de Dieu, d'avoir
chargé notre corps de cette fonction de transformation ! Est-il vraiment indispensable à l'univers que
nous soyons sans cesse traversés par un courant de
débris végétaux et animaux qui pourrissent avec
dilection dans notre sein ?

La plupart des hommes ne font pas autre chose que
" gagner leur pain ". Et le pain pour lequel l'homme
a sué, c'est, en définitive, la terre qui l'absorbe.

Je comprends que l'humanité nouvelle ait cherché à se libérer de cet esclavage, et si tout n'est pas enviable dans l'état des hommes de l'an 100 000, la suppression de cette fonction de transformation représente un progrès considérable.

L'examen des restes de mon bon maître me permit de deviner quel effroyable accident avait causé sa mort. Lorsqu'il se pencha en avant pour sectionner la tête de l'être reproducteur, la couture de son scaphandre craqua dans le dos, du cou à l'entrejambes. Ni lui ni moi, ne nous en aperçûmes. Je ne le vis même pas lorsque je le pris à bras-le-corps pour l'aider à se rasseoir sur sa chaise. J'aurais dû le voir. J'ai été distrait. J'en porterai le remords jusqu'à la fin de mes jours. Lorsque Noël Essaillon appuya sur le bouton de retour, son vêtement protecteur béait en une fente d'environ deux doigts de largeur. La partie de son corps qui se trouvait en face de cette fente, n'étant plus soumise à l'influence de la noëlite, resta sur place, au M^e siècle, tandis que le reste revenait en l'an 1942. Le savant arriva séparé en deux et mort. La tranche restée dans l'avenir comprenait en particulier presque toute la colonne vertébrale, des fragments de cœur, d'estomac, d'intestins, et le nombril. Noël Essaillon est tombé héroïquement, en victime de la science. Je n'ai pas voulu que son sacrifice fût vain. Je suis retourné en l'an 100 000. J'ai achevé l'étude de cette civilisation. Je vais reprendre son manuscrit au point où la mort l'a arraché de ses mains. Bientôt nos contemporains connaîtront son œuvre prodigieuse, et son nom sera glorifié comme il convient.

Mon premier voyage après l'accident me ramena au lieu même où il s'était produit. Sous la coupole, dans la lumière des champignons, les débris de chair de mon maître mettaient leurs taches sombres sur l'or roux de la chevelure de la tête coupée. L'expression de celle-ci n'avait pas changé. Les yeux clos, les lèvres enfin calmées esquissaient un sourire de paix totale. Tandis que les restes de Noël Essaillon offraient déjà les signes d'une décomposition avancée, la tête demeurait intacte. Je recueillis dans mon sac le solde du savant, gagnai les bords du trou à cadavres et y précipitai mon fardeau.

Ainsi, celui grâce à qui les temps futurs ne sont plus inconnus repose, comme il l'eût peut-être souhaité, à la fois dans le futur et dans le présent. Que ce soit en paix! Au jour du Jugement, les morceaux de son corps sauront se retrouver.

La femme décapitée continuait de vivre. Plusieurs visites que je lui fis par la suite me la montrèrent en train de fonctionner normalement, tandis que sa tête desséchée prenait l'apparence d'un masque hiératique.

Je suis retourné dans les salles cervicales, et j'ai pu acquérir la conviction qu'il en existe une ceinture qui entoure entièrement le globe. Quel est exactement le rôle de ces piles de matière grise? Pensent-elles pour le reste de l'espèce, comme nous l'avons cru tout d'abord? Diverses expériences auxquelles je me suis livré m'inclinent à rejeter cette hypothèse. Ces entassements de cerveaux fabriquent l'énergie nouvelle, la répandent sur la terre entière, reçoivent les sensations et donnent les ordres. Tout cela est entièrement automatique. Il ne s'agit point de pensée, mais de réflexe.

Comment se transmet cette énergie? Comment les hommes-cerveaux communiquent-ils avec les autres? Je n'ai pu le comprendre. Un homme de 1800, placé devant un poste de T.S.F., comprendrait-il?

Les hommes-cerveaux, comme les autres, obéissent à la loi suprême, qui est la loi de l'espèce confondue désormais avec celle de la cité. Elle soumet l'humanité à ses obligations comme la pesanteur ou toute autre loi physique. Son règne est évident. Moins évident au xxe siècle, n'est-il pas tout aussi rigoureux? Quelle différence profonde existe-t-il entre la ronde des petits mâles autour de la reine, et le quadrille que les hommes de notre siècle dansent avec les femmes nos contemporaines? La nécessité puissante de la reproduction les meut comme pantins. Ils se croient libres, chantent l'amour, et les yeux et l'âme de leur bien-aimée. Et la loi de l'espèce les mène par le bout du sexe. Tristan, Roméo sont de simples porte-graine. Ils ont mission de la déposer dans le terrain qui l'attend et qui est toujours le même, qu'il se nomme Iseult ou Juliette. Le reste est littérature.

Mes voyages en l'an 100 000, mes explorations autour du ventre immense de la femme, de ses six mille vulves identiques, dissimulées derrière six mille formes de mirages, m'ont ouvert les yeux sur la condition humaine. Mais Dieu aidant, et celle aussi à qui je pense, j'aurai bientôt retrouvé la faculté d'illusion. »

Annette sortit de son évanouissement pour entrer dans le délire. Philomène la soigna avec des tisanes. Elle gardait trente sortes d'herbes dans les boîtes en fer.

Un jour d'octobre, la jeune fille se releva pour faire ses premiers pas. Elle voulut gagner près de la fenêtre le grand fauteuil Dagobert qui lui tendait ses vieux bras solides. Le plancher s'enfonça sous chacun de ses pieds à des profondeurs différentes, le plafond tangua, les murs se mirent à tourner, l'armoire vint remplacer la fenêtre, le lit courut après l'armoire. Philomène reçut la convalescente dans ses bras, l'assit, lui mit un gros coussin sous les pieds, l'enveloppa d'une couverture de laine brute qui sentait le mouton.

Annette n'osait penser, ne voulait pas se souvenir. Elle préférait garder sa tête si vide. Elle regardait le jardin que voilait une pluie grise, fine, presque brume. Un plant de marronnier avait poussé tout près de la fenêtre. L'automne lui laissait une feuille dont les cinq doigts jaunis pendaient vers le sol. L'un d'eux, parfois, se déchargeait d'une goutte, et remontait de quelques millimètres vers le ciel, qui l'accablait de nouveau du fardeau impondérable de la bruine.

Saint-Menoux arriva quand le jour finissait.

Elle le vit venir du fond de l'allée. Il descendait comme un noyé gris dans le soir. Annette sentit son menton trembler et des larmes ajoutèrent leur brouillard à celui de la pluie.

Le brouillard, la pluie, le froid, la mort, étouffent le monde, écrasent Annette. Elle a peur, elle sanglote, elle crie, elle appelle : « Pierre! Pierre!... » S'il n'arrive pas aussitôt, s'il tarde plus d'une seconde, il ne la trouvera plus, elle sera morte...

Pierre court, bouscule la porte, éclaire. Il jette son pardessus mouillé. Il est grand, il sourit, son visage est doré par la vive lumière. Il prend dans ses bras l'enfant perdue, la berce, baise ses yeux.

Le sortilège est fini. Pierre a fermé les volets, tiré les rideaux contre la nuit et contre l'eau. Annette, dans ses bras, sanglote à gros hoquets, pour bien soulager le fond de son cœur.

Nous avons été stupides de nous abandonner au chagrin, avait dit Pierre. Ce que votre père a fait pour Philomène, nous pouvons le faire pour lui. Quand vous serez tout à fait rétablie, nous irons le retrouver dans le passé, nous l'empêcherons de partir pour ce funeste voyage, et nous lui éviterons la mort.

Le jour de la Toussaint, à son retour de la messe, Philomène trouva Noël Essaillon, son maître, installé dans le fauteuil avec toute sa barbe. Annette transfigurée de joie, et Saint-Menoux souriant, se tenaient auprès de lui.

— Eh bien, Philomène, dit l'obèse, de sa meilleure voix, vous semblez surprise... Il n'y a vraiment pas de quoi!

— Le Diable! Vous êtes le Diable!..., murmura la servante.

Son visage exprimait l'horreur et l'épouvante. Elle fit un signe de croix sur sa poitrine plate, et sortit de la pièce à reculons, les yeux flamboyants sous ses sourcils gris.

Saint-Menoux se mit à rire, mais Annette avait pâli, et le savant lui-même semblait affecté.

Le soir, son père couché, Annette s'en fut dans le jardin. Pierre l'attendait au pied d'un acacia. Ils se promenèrent dans la nuit humide. Leurs pieds foulaient les feuilles. La lune à son dernier quartier blêmissait le plafond des nuages.

— Annie-Annette, ma chérie, vous n'avez pas froid?

Elle se serrait contre lui et répondait :

— Près de vous, je n'aurai jamais froid....

Puis ils ne disaient plus rien, et cela leur suffisait.

Philomène se glissa hors de son lit, traversa les couloirs, à pas nus, entra sans frapper dans la chambre de l'infirme, fit la lumière. Essaillon, clignotant, ahuri, se redressa à grand-peine dans son lit :

— Qu'est-ce que vous voulez, Philomène?

Elle se dressait devant lui, maigre, en chemise. Ses cheveux gris tombaient en mèches plates autour de son visage.

— Je veux que vous retourniez d'où vous venez! dit-elle de sa voix de paysan.

— Comment? fit le savant, stupéfait.

— Et puis que vous m'emmeniez avec vous...

Essaillon haussa les épaules.

— Allez vous coucher, ma pauvre Philomène. Vous perdez la raison!

Elle ne voulait pas partir. Elle s'expliqua, avec des mots rudes. On n'a pas le droit de voler la mort. Quand on meurt, c'est que Dieu l'a voulu. Il a fixé l'heure. Maintenant, c'est l'enfer qui les attend tous les deux. Dieu avait puni son maître en lui donnant une mort terrible. Mais cette épreuve le rachetait peut-être de ses fautes. S'il se dérobait, un châtiment terrible l'attendait pour l'éternité. Il fallait retourner vers la mort et emmener la pauvre servante, accablée par cette vie volée.

Elle gronda, se mit à genoux, pleura. Les larmes coulaient sur sa vieille peau. Elle reniflait. Elle était laide.

Les jeunes gens s'étonnaient de voir l'humeur nouvelle d'Essaillon. Il avait perdu le sourire, son goût pour toutes les joies. Il s'assombrissait. Il commença de maigrir. Saint-Menoux, qui travaillait avec lui à la rédaction de son *Étude sur l'évolution de l'espèce humaine*, le trouvait distrait, absent. Il se désintéressait de son travail, se perdait de longues minutes dans des rêveries d'où il revenait avec une sorte de frayeur dans les yeux.

Il dut s'aliter. Sa peau flottait autour de lui. Son visage s'allongea. En quelques jours, sa barbe perdit toute gloire, tourna à une triste couleur grise. Elle semblait avoir essuyé de vieilles poussières dans les coins.

Philomène continuait de le harceler, furieuse.

— Vous allez encore mourir ! cette fois, vos sales inventions ne pourront rien pour vous. Et vous serez damné !

Elle négligeait le ménage. Elle guettait, au bout du couloir, les occasions de trouver le malade seul. On l'entendait grincer des dents, rabâcher des patenôtres derrière les portes. Vingt fois par jour, elle entrait dans la chambre d'Essaillon. Il gémissait quand il la voyait arriver, tirait les couvertures sur sa tête. Mais rien n'empêchait la vieille voix de crécelle de porter la peur jusqu'à ses oreilles. Et quand Philomène était partie, ses paroles demeuraient.

Saint-Menoux fit venir un médecin qui diagnostiqua un épuisement nerveux et une grande fatigue du cœur, compliqués d'urémie. Le savant exigea la vérité.

— Vous ne passerez pas la semaine, fit paisiblement l'homme de l'art.

Essaillon lui jeta son oreiller à la tête, balaya d'un geste furieux les fioles qui encombraient sa table de chevet, insulta Saint-Menoux qui tentait de le calmer.

Quand il eut retrouvé son sang-froid, il fit appeler sa fille. Elle s'assit près de son lit. Elle essayait de sourire, et pleurait. Il la regarda longuement, avec passion, avec désespoir.

— Annette, mon petit, je vais te quitter, dit-il. N'en aie point de peine. Nous pourrions tricher encore, éterniser ces quelques heures qui me restent. Mais je ne veux pas. Dieu me manifeste sa volonté. Je vais obéir.

Il soupira. Ses yeux étaient enfoncés très loin dans sa tête. Philomène grinçait derrière la porte.

Un prêtre arriva dans la nuit. Il s'enferma avec Essaillon et Philomène, reçut la longue confession, donna l'extrême-onction au maître et à la servante.

Il s'en fut à l'aube. Dans le vestibule, il trouva Saint-Menoux endormi sur le canapé, Annette blottie, toute petite, épuisée, contre lui. Il hocha la tête, leva une main pleine de bénédictions. Il laissait la porte ouverte. La chambre était vide.

Annette trouva le testament sur le lit qui ne gardait même pas trace du corps de son père. Le savant déclarait que, pour essayer d'échapper à l'enfer, il retournait volontairement vers sa première mort. Il lui fallait tout son courage, car il allait subir de nouveau l'accident en sachant cette fois ce qui l'attendait. Il espérait que Dieu lui tiendrait compte de l'épreuve. Il recommandait à sa fille et à Saint-Menoux de ne jamais se révolter contre les décisions de la Providence.

« ... Peut-être notre curiosité, ajoutait-il, et même la raison première de nos voyages étaient-elles impies. Vouloir changer la condition des hommes, essayer de leur éviter fût-ce le moindre malheur, n'est-ce pas aller contre la volonté divine? Nous sommes ici-bas pour expier. Les souffrances que nous endurons, nous les avons, personnellement ou collectivement, toutes bien méritées.

« Pierre, mon cher enfant, je vous laisse le soin de décider si vous devez ou non poursuivre les expériences. Pour ma part, cela ne m'intéresse plus. Je n'ai d'autre pensée que de paraître devant Dieu avec assez d'humilité pour me faire pardonner mes audaces. Et que sont mille ou deux mille siècles, quand on est attendu par l'Éternel?

« Mais je vous adjure de ne point révéler le

secret de la noëlite, qu'Annette sait fabriquer, à nos malheureux frères les hommes. Ils ne l'utiliseraient que pour leur tourment.

« Veillez sur ma chère fille en attendant qu'elle ait assez grandi pour trouver un mari.

« En souvenir de mon corps périssable, je vous laisse ma barbe. Vous la trouverez dans l'armoire, à côté des mouchoirs... »

La servante avait ajouté un mot. Elle s'excusait. De là-haut, elle prierait pour sa petite Annette. Elle donnait l'adresse de sa nièce Catherine, qui pourrait la remplacer pour le ménage.

Annette avait eu déjà tant de peine, que cette nouvelle épreuve ne put accroître son chagrin. Au moyen de pastilles, elle fit quelques voyages dans le passé, auprès de son père vivant. Elle le retrouva rose et blond, et optimiste, ignorant les épreuves qui l'attendaient.

Soulagée de savoir que, quelque part dans le temps écoulé, il était encore et pour toujours heureux, elle espaça ses visites, s'habitua peu à peu à l'idée d'être séparée de lui par une distance que chaque jour accroissait. Elle savait qu'elle le reverrait quand elle voudrait. Elle se contenta bientôt de cette certitude. Elle ne quitta plus le présent. Elle pensait à l'avenir. Elle aimait.

TROISIÈME PARTIE

L'imprudence

L'année touchait à sa fin. Après les deux hivers terribles qu'on avait subis, on abordait le troisième avec inquiétude. Il tardait à se montrer rigoureux. Les ménagères, dans les queues, disaient : « Si ça pouvait durer ! On a pas tellement de charbon. Moi, mon bougnat m'a pas encore livré. Et le locataire du troisième s'est fait rentrer une pleine cave de boulets. Y en a qui ont tout, et les autres qui ont rien... »

Saint-Menoux avait perdu l'habitude de compter les jours et les semaines. Un calendrier lui paraissait un objet ridicule. Dans les dix mois qui venaient de s'écouler, combien de siècles avait-il parcourus ? Il fut rappelé à la réalité par le besoin. Il arrivait au bout de l'argent que le savant avait mis à sa disposition. Il avait quitté le lycée sans même solliciter un congé. Sans doute l'avait-on rayé des cadres ? De quoi vivrait-il ? De quoi ferait-il vivre Annette quand il l'aurait épousée ?

A la première mort du savant, il avait regagné sa chambre du boulevard Saint-Jacques, abandonnée pendant les expériences pour une chambre de la villa. Afin de parer au plus pressé, il donna quelques leçons particulières, d'un maigre rapport. Son élève le plus abruti, celui qui payait le mieux, le quitta à cause de M. Michelet. Celui-ci, dont le gâtisme faisait chaque jour des progrès, ne pouvait s'empêcher, dès qu'il savait son voisin chez lui, de venir frapper à sa porte pour l'entretenir une fois de plus de l'injustice du sort. Saint-Menoux ne répondait pas; M. Michelet insistait, frappait encore, appelait, jusqu'à ce que Saint-Menoux le priât brutalement de le laisser en paix. Un quart d'heure après, le vieil architecte revenait.

Saint-Menoux envisagea de déménager, mais il chercha en vain une chambre bon marché. Une sévère crise de logement commençait de sévir dans Paris. Il s'allia aux autres locataires de l'étage pour demander à la logeuse, Mme Blanet, de mettre le vieux fou à la porte.

Mme veuve Blanet se tenait, la journée durant, dans son petit salon-chambre à coucher-salle à manger-lingerie dont la porte vitrée ouvrait sur le couloir. Elle raccommodait interminablement les draps de ses locataires, repassait, pliait, lessivait dans la cuisine attenante, ne prenait nul repos.

Elle souriait rarement. Elle regrettait de ne pouvoir suffire à tout. A la mort de son mari, elle avait dû engager une femme de chambre. Cette dépense lui causait un chagrin qui se transformait souvent en mauvaise humeur aux dépens de la malheureuse souillon asthmatique et boiteuse qu'elle pressait comme une locomotive, ou des chiens du quartier qui s'obstinaient à pisser sous sa fenêtre.

Elle reçut la délégation dans son habituel costume, un peignoir mauve qui enveloppait des chairs abondantes, et que la crasse maquillait de gris souris à l'endroit des fesses, des coudes, et de la roulante poitrine. Elle refusa de mettre à la porte « un monsieur qui payait bien » et dont elle appréciait pour sa part la conversation.

— Je vois pas ce que vous lui trouvez à redire, conclut-elle. C'est un homme qui a de l'éducation.

Ça serait bien dégoûtant de ma part de le renvoyer.

Saint-Menoux dut renoncer à donner des leçons dans sa chambre. Il se rendit à domicile. Le métro lui prenait beaucoup de temps. Les repas au restaurant coûtaient horriblement cher, et le laissaient sur sa faim. Mlle Mongent, qui habitait une chambre du troisième, lui proposa une carte de pain, catégorie T, pour trois cent cinquante francs. Mlle Mongent travaillait à la mairie. Elle glissait des fausses cartes dans les liasses, et vendait les bonnes à ses clients. Pierre acheta un kilo de beurre au marchand de charbon. Cinq cents francs : « C'est pas cher ! lui dit l'homme noir. A Neuilly, ils le payent jusqu'à huit cents ! » Il eut pour quatre-vingts francs un camembert chez le coiffeur et, chez le crémier, une paire de bas de trois cents francs, qu'il échangea à la boulangère contre six cents grammes de bœuf fumé.

Il put ainsi se nourrir chez lui pendant quelque temps. Sa délicatesse l'obligeait à refuser presque toutes les invitations d'Annette. Il la voyait de moins en moins, accaparé par ses leçons, et désespérait de trouver le moyen de lui offrir une existence convenable. Peut-être son père lui avait-il laissé beaucoup d'argent. Raison de plus pour que lui-même fût en état de lui assurer un avenir confortable.

Le jour où il changea son dernier billet de mille francs, l'idée lui vint d'endosser de nouveau le scaphandre du temps, qu'il n'avait plus touché depuis la mort définitive de son maître, et de s'en servir pour se procurer de l'argent. Le vibreur lui permettrait de s'introduire à l'intérieur des coffres-forts et de les soulager de leur contenu. Il eut un instant la pensée d'aller récupérer un peu d'or de la Banque de France exilé à la Martinique. Mais il avait reçu une éducation d'honnête homme et sa conscience lui chuchota le mot : vol. Il ne put se résoudre à franchir la barrière morale qui interdit au troupeau médiocre des honnêtes gens l'accès de l'abondance. Il lui sembla qu'il serait moins coupable s'il opérait hors du présent. Il était inutile d'aller dans l'avenir cueillir des billets d'une monnaie qui n'avait pas encore cours, mais le passé s'avérait plein de ressources. Le passé n'est plus qu'ombres et souvenirs. Voler une ombre, dépouiller un souvenir, est-ce vraiment voler ?

Après un débat de trois jours, pressé par la nécessité, il se répondit : « Non ! », et prépara sa première expérience. Il mit Annette au courant de ses intentions. Elle le regardait parler. Elle frissonnait au son de sa voix. Elle prêtait peu d'attention au sens des paroles. Tout ce qu'il ferait serait bien.

Il choisit, comme but de son voyage, l'année 1890. Cette époque lui paraissait baignée d'une lumière d'or, et retentissante de la cascade des louis.

Au moment de partir, il évoqua des rouleaux et des piles de pièces, des sacs gonflés, des coffres pleins. Mais à la suite de très logiques associations d'idées, il se trouva, à son arrivée, assis sur les genoux de la belle Suzanne, cocotte, qui s'en allait chez sa modiste, en voiture découverte à quatre chevaux, en compagnie du baron du Bois de l'Orme, son amant.

La belle Suzanne, à l'apparition de ce diable, poussa un cri affreux et s'évanouit. Le baron se mit debout en tremblant. Mais ses vieux genoux fléchirent. Il retomba sur son séant, et se mit à bégayer. Son râtelier faisait un petit bruit d'os. Les deux valets vêtus de rouge qui se tenaient derrière la voiture levèrent les bras au ciel, churent à la renverse. Le cocher se retourna, ouvrit une grande bouche, fouetta ses chevaux, puis les arrêta, sauta à terre et s'enfuit. Les chevaux se mirent paisiblement en travers de la chaussée, et la rue du Faubourg-Saint-Honoré se trouva embouteillée en un clin d'œil.

Saint-Menoux regardait avec intérêt la belle inanimée, vêtue d'une longue jupe calice en satin bleu pâle, qui lui montait jusqu'aux seins, et d'un corsage de tulle blanc à manches gigot et col montant. Un nœud de velours bleu roi lui ornait le ventre. Une bride du même velours passait sous son menton et retenait une coiffure, mi-chapeau, mi-bonnet, de tulle bleu pâle tout frisé, d'où s'échappaient mille boucles blondes.

La tête penchée sur l'épaule, elle ouvrit un quart d'œil, et le referma bien vite. Elle avait une toute petite bouche et le nez retroussé, et un solide menton de commerçante.

Saint-Menoux la trouva charmante, sourit et se mit en devoir de la débarrasser de son réticule, de son bracelet de diamants et de quelques menues bagues. Le baron essaya de retrouver son courage. D'une bourrade, Saint-Menoux le fit rasseoir. Son chapeau haut de forme tomba en entraînant sa perruque. Il avait une loupe rose au milieu du crâne.

Aux fenêtres, des femmes horrifiées se penchaient à faire craquer leur corset, montraient du doigt le voleur et appelaient au secours. Tout l'atelier de Rosandrée, grande couture, piaillait aux croisées. La première main Julie, la grande brune, perdit son chignon. Ses cheveux coulèrent jusqu'à l'entresol. Les chevaux des voitures arrêtées piaffaient, les fers claquaient, les fouets pétaradaient, les cochers juraient, les piétons s'amassaient. Deux agents ventrus accouraient lentement. Un lieutenant de dragons aux moustaches blondes, beau comme un arc-en-ciel, bondit sur le marchepied. Au moment où il portait la main sur le malfaiteur, celui-ci disparut. La rue entière s'exclama. En une minute, il se fit vingt descriptions différentes du bandit, de son arrivée et de son départ. Mme Lurin, modiste, deux boîtes rondes aux bras, le petit pâtissier Gaston, tout blanc, son panier plat sur la tête, la nourrice Adélaïde qui promenait deux jumeaux dans une voiture en osier toute fanfreluchée et rubanée de rose, Ferdinand le photographe ambulant, écrasé sous le poids de son appareil, de son trépied, de ses châssis, et de ses moustaches, et quatre cent vingt-sept autres personnes se hâtèrent vers leurs clients, leurs parents, leurs amis et connaissances, pour leur porter l'étonnante nouvelle.

Le galant officier posa les restes du baron sur le trottoir, ranima la belle, et la reconduisit. Les agents arrivèrent alors que tout était fini. Deux policiers en chapeau rond, laids comme des phoques, embarquèrent Odette, une prostituée en chignon dont la présence en ce quartier bourgeois était un vrai scandale.

Saint-Menoux remontait la rue Royale et les boulevards. Le spectacle de la rue le réjouissait. Les femmes grassouillettes marchaient à petits pas, souriaient. Leurs épaules pointues, leur taille fine, leurs petits chapeaux juchés sur leurs cheveux relevés, leur composaient des silhouettes gaies, alertes. Certaines, pour aller plus vite, pinçaient leurs jupes, découvraient leurs chevilles. Les messieurs à chapeau gibus et pantalons étroits se retournaient à cette vision et redressaient leur moustache dans leur poing.

Les piétons marchaient sur la chaussée autant que sur les trottoirs. A peine se dérangeaient-ils pour les fiacres peu pressés. Les cochers envoyaient des compliments salés aux femmes et des injures cordiales aux hommes. Des voitures de maîtres, astiquées comme des meubles, roulaient, légères, derrière les paires de chevaux assortis, aussi ronds de fesses que les femmes. Des saint-honorés de crottin fumaient sur les pavés.

« Voilà des gens heureux, se dit le voyageur. Je suis allé chercher bien loin dans l'avenir le bonheur qui était derrière moi... »

Il oublia pour quelques instants le but intéressé de son expédition, et se mit à explorer la capitale. Il eut bientôt changé d'opinion. Dans les quartiers bourgeois, ce ne fut pas le bonheur qu'il trouva, mais une légèreté, une futilité qui abaissaient les hommes au niveau des femmes. Ils s'occupaient de modes, de chevaux, de théâtre, et prononçaient des mots d'esprit prémédités. Les éternels drames d'adultère agitaient les appartements surchargés de meubles et voilés de plusieurs épaisseurs de doubles-rideaux.

Dans les quartiers ouvriers régnait une grande misère. L'industrie naissante commençait à broyer la main-d'œuvre. Comme il traversait une pièce obscure, Saint-Menoux s'arrêta. Des râles emplissaient ses oreilles. Il glissa jusqu'au lit, vit sur un matelas éventré un couple boire la mort à bouche ouverte. Quatre enfants à demi nus se débattaient faiblement sur une couche de chiffons gluants de crasse étendus sur le sol. Un brasero de charbon de bois rougeoyait dans un coin de la chambre, versait dans l'air sombre un poison fade qui battait les murs de tourbillons lents.

La mère, hagarde, couchée au bord du grabat, regardait la mort peser de plus en plus sur ses enfants. Ses yeux immenses, effrayants, reflétaient la petite lueur rose du réchaud. De sa chemise déchirée sortait une épaule sans chair. Ses cheveux verts rampaient en mèches pointues au bord du matelas. Son bras sans force pendait hors du lit. Sa main touchait du bout des doigts la tête du plus jeune, du plus aimé. Celui-là avait fini de respirer. Ses petits bras gris reposaient le long de son corps calmé. L'aînée des filles, près du mur, cherchait son souffle, déchirait ses haillons, découvrait sa gorge flétrie de famine. A côté d'elle un grand garçon pleurait. Elle le prit dans ses bras, puis le lâcha. Elle commençait de trouver le repos.

Le père, étendu sur le dos, calme, léger comme un oiseau mort, regardait le plafond éventré, l'air sale, la faim, l'horreur de tous les jours. C'était enfin fini, fini...

Saint-Menoux faillit obéir à son premier réflexe : ouvrir la fenêtre et la porte, faire entrer l'air pur, jeter dehors le brasero, sauver ces malheureux.

Mais la fenêtre donnait au fond d'une cour verdâtre et la porte dans un couloir noir.

Il tourna lentement parmi les vapeurs mortelles, au-dessus des corps qui se détendaient, prit un grand élan, et monta tout droit vers le ciel bleu, à travers les étages délabrés, les meubles boiteux, les disputes à odeur de vin, et les assiettes vides. Il n'avait pas le droit d'arracher ces malheureux à leur délivrance.

« D'ailleurs tout cela n'est que souvenir, se disait-il. Ces gens sont morts depuis cinquante ans... »

Il se secoua, se promit de ne plus se laisser émouvoir par des spectacles qui n'étaient, après tout, que des rétrospectives, et décida de se mettre aussitôt au travail sérieux.

Il se baigna d'azur, se lava des odeurs de misère qu'il venait de traverser, et plongea vers une rue proche de la Bourse. Il entra dans une grande banque. Le caissier chauve rangeait dans son coffre des sacs de louis. Saint-Menoux traversa la grille, attendit que l'homme fût appelé au guichet, arrêta le vibreur, et fit passer les sacs du coffre dans ses musettes.

Le caissier vit tout à coup son client ouvrir la bouche, écarquiller les yeux, prendre le visage ahuri de l'enfant qui voit pour la première fois un nègre ou une girafe. Et cet homme regardait quelque chose qui se passait dans sa caisse, derrière lui! Il se retourna, et reconnut avec terreur que l'un des deux cauchemars qui hantaient ses nuits depuis trente ans venait de se réaliser. Le premier de ces rêves le plongeait dans cette chose atroce : l'erreur. Il ne cessait de se tromper. Il donnait dix louis de trop à chaque versement. Il le savait, et continuait de se tromper. Il recomptait ses piles. Il comptait dix, et il savait qu'il y avait onze. Et le sang de sa caisse, son propre sang s'en allait ainsi goutte à goutte, dans les mains de clients guillerets, de vampires joyeux qui défilaient à toute vitesse devant son grillage.

Le second de ces cauchemars lui représentait un voleur diabolique, qui défiait serrures et surveillance, et cambriolait son coffre à son nez et à sa barbe. Paralysé, il ne pouvait l'empêcher de prendre les beaux sacs dodus. La sueur coulait sur son front. Il gémissait. Il pleurait. Le voleur ricanait, croquait les louis d'or comme des pastilles, et s'en allait avec un ventre de femme enceinte.

Les deux rêves s'achevaient de la même façon, le directeur retenait au caissier coupable la moitié de ses soixante-deux francs cinquante d'appointements jusqu'à la fin de sa carrière, et le faisait passer en cour d'assises, après l'avoir mis à la porte.

Seul un cauchemar pouvait accorder ces mesures contradictoires, pour l'accablement de son cœur.

Il se réveillait en pleine nuit, d'abord tremblant, ensuite comblé de joie à réaliser que ce n'était que fumées. Il profitait de ce réveil nocturne pour aller au pot. Sa femme en bigoudis se retournait et grognait : « Tu as encore trop mangé de soupe. »

L'impossibilité de la présence de cet homme dans sa caisse le rassura. Il se dit : « Je rêve encore. » Mais cette constatation ne l'ayant pas réveillé, il sut qu'il ne dormait pas et se mit à trembler. Déjà les autres employés moustachus se dressaient autour des grilles et poussaient des clameurs. Vingt clients écrasaient leurs barbes contre le guichet. Le caissier se rassura : « Je ne sais comment il est entré, se dit-il, mais il ne pourra pas sortir. » Il retrouva la parole, hurla : « Gardez la porte! Je le tiens! »

Il ouvrit un tiroir, dressa dans la direction du cambrioleur un revolver à barillet, s'approcha courageusement, lui saisit un poignet de la main gauche, et, de l'autre main, lui appliqua l'arme sur la poitrine.

— Rendez-vous! cria-t-il.

Sa main se referma sur le vide, et ses ongles lui entrèrent dans la paume. Le voleur avait disparu.

« Ah! soupira d'aise le caissier, c'était bien un rêve! » Mais la vue de son coffre vide l'emplit de nouveau d'horreur. Il le palpa. Il le sentit froid, solide, réel. Les appointements de toute sa vie ne suffiraient pas à rembourser ce qui venait de disparaître. Il appuya le revolver contre sa tempe. Il avait lu dans les romans comment les banquiers déshonorés se percent le crâne. Son revolver était gros et sa tête petite. La balle la troua sans difficulté, et s'enfonça dans le plafond, après avoir coupé le tuyau du gaz qui se mit à siffler.

Le soir même, Saint-Menoux se rendit à l'Opéra. On y donnait *Faust*, en représentation de gala, au profit d'une œuvre missionnaire qui rachetait les petits Chinois.

Le père Faust interroge en vain la nature et le créateur, devant l'indifférence totale des spectateurs. On est venu pour se montrer. Les plus belles épaules de Paris sont là. Les hommes lorgnent quelques décolletés hardis. Les face-à-main se braquent non vers la scène, mais vers les loges ou les premiers rangs du parterre.

Fracas à l'orchestre. Faust, en fin de compte, évoque Méphisto. Sensation! Nouveauté! Hardiesse! Deux diables apparaissent à la fois sur la scène, un rouge à gauche, et un vert à droite. La salle applaudit. Le régisseur, entre deux portants, insulte l'intrus à grands gestes et mots silencieux. Le chef d'orchestre, un moment déconcerté, brasse de nouveau la musique. Le diable vert disparaît comme il est venu. Bravo! Très bien! Charmant! Le tour est très réussi. On ne sait pas ce qu'il signifie. Mais on n'en demande pas tant. Les spectateurs qui sont là ne se sont jamais donné la peine de comprendre. Ils liront demain dans leur journal ce qu'ils doivent en savoir...

Le brouhaha calmé, Faust reprend son dialogue avec le vrai Méphisto, qui se nomme Bernard, et souffre de rhumatismes articulaires.

Un grand cri trouble leur échange de politesses. Le diable vert a surgi comme une flamme dans l'avant-scène de la grande-duchesse de Bérindol. C'est une douairière assez bien conservée par septante ans d'intelligente débauche. Son vieux cuir s'est frotté à nombre de peaux, fines ou velues, de princes, de terrassiers, de vigoureux gens d'armes, de cardinaux parfumés, d'artistes mal lavés, et de petits bergers qui sentaient le fromage. Le diable manque à sa collection. Elle frémit quand elle le voit tendre vers elle ses mains vertes. Mais il n'en veut qu'à son collier de diamants. Elle essaye de le griffer; ses mains battent le vide.

Tous les spectateurs sont debout. Dix officiers en uniforme se pressent autour de la grande-duchesse qui les insulte en langue bérindole. Méphisto profite de l'inattention du public pour se frotter les genoux. Une clameur monte de la salle. Le fantôme vert vient de réapparaître, dans la loge du vin Fortoni. L'inventeur du célèbre reconstituant ne se déplace jamais sans quelque échantillon de son élixir, que tous les palais célèbres de l'Europe ont dégusté. Il tire en tremblant un flacon plat de sa poche, et le tend à l'apparition, qui le lui casse sur sa calvitie. Il retombe sur son siège, se laisse dépouiller de ses boutons de plastron et de manchettes en diamants, et voit son agresseur s'emparer du collier à cinq rangs de perles qui s'étale autour du cou trop gras de sa femme. Des hommes courageux enfoncent la porte de la loge. Le voleur saute dans la salle. Les spectateurs s'écartent en hurlant, mais il disparaît au milieu de sa trajectoire, s'évanouit quelque part entre le balcon et le dos d'un fauteuil. L'épouvante ravage l'assistance. Quarante femmes tombent en pâmoison. Les autres jettent des cris aigus, se précipitent vers les portes de sortie, poussent, griffent. Les hommes poussent plus fort qu'elles, piétinent les femmes tombées, empoignent les chignons, arrachent les robes et les falbalas, se cramponnent aux lacets de corsets.

Des portes embouteillées par la panique quelques êtres parviennent à s'extraire, descendent en titubant le grand escalier, les bras tendus comme des aveugles, et s'en vont, chancellent, se perdent dans la nuit où palpite la flamme verte, triste, des becs de gaz.

Après quelques expéditions semblables, Saint-Menoux se trouva en possession d'un trésor de corsaire : trois malles de bijoux, de pièces d'or et de petites cuillères. L'avenir était assuré.

Un après-midi, de retour d'un nouveau voyage, il ne sut plus où mettre son butin. Il décida que cela suffisait, et que rien, désormais, ne s'opposait plus à son mariage. Il s'en fut flâner dans Paris. Le tiède mois de mars rayonnait de douceur et de lumière tendre. Le long des quais, les arbres tendaient la dentelle de leurs branches, nouée de bourgeons, vers le ciel pâle comme l'œil d'une jeune fille rêveuse... Les moineaux ronds se dérangeaient à peine à l'approche des pas. L'eau lente emportait un chaland. Au-delà du Pont au Double, Notre-Dame, assise de tout le poids de sa beauté dans une brume légère, apparut à Saint-Menoux exactement telle qu'il l'avait vue cinquante-trois ans et deux heures plus tôt. Le paysage de pierre, à peine plus foncé, se découpait sur un ciel d'une pareille tendresse.

Si le décor n'avait point changé, par contre les hommes avaient subi une pénible transformation. Dans l'air suave de cet avant-printemps, ils promenaient des visages soucieux, des dos courbés, des yeux ternes.

Il avait fallu que Saint-Menoux connût le sourire de la foule de 1890, pour qu'il remarquât la grimace de celle de 1943, et se rappelât les traits crispés de celle des années automobiles.

Autour de lui, les femmes se hâtaient, se regardaient à peine, couraient vers leurs soucis.

Pierre ferma les yeux, et se souvint en images gracieuses du temps qu'il venait d'explorer. Il pensa qu'il serait drôle d'y emmener Annette en voyage de noces. Et si elle s'y plaisait, qui les empêcherait de s'y fixer, pour l'éternité ? S'il apparaissait difficile au jeune professeur de travailler au bonheur des autres, du moins pensait-il posséder assez de matériaux pour construire le sien.

Machinalement, il fouillait dans la boîte d'un bouquiniste. Un titre l'amusa : *Le Mystère du Diable Vert*. Il feuilleta le bouquin aux tranches jaunes. A peine eut-il lu deux pages qu'il donna cent sous au marchand et courut s'asseoir dans le plus proche café, pour continuer sa lecture. C'était l'histoire de ses propres apparitions en l'année 1890, racontée par un écrivain du temps. Un croquis le représentait, trois fois plus grand que nature, avec des lunettes grandes comme des phares d'auto, en train d'étrangler la grande-duchesse de Bérindol.

— Julot ! cria la cafetière à son marmot qui se traînait sous les tables, si tu déchires encore ta culotte, je te donne au Diable Vert !

Saint-Menoux passa sept après-midi à la Bibliothèque Nationale. Il ne trouva pas moins de six cents ouvrages consacrés au Diable Vert. Des journalistes, des savants, des médecins, des criminologistes avaient cherché à élucider le mystère de ces apparitions et de ces vols. Les uns parlaient de magie noire, les autres de bande organisée. La franc-maçonnerie, les jésuites, la Main noire, étaient mis en cause. Le jeune professeur se rendit compte que le Diable Vert avait fait parler de lui bien plus que la bête du Gévaudan, ou Mandrin ou Cartouche, et qu'il s'était taillé dans la tradition populaire une place plus grande que celle de Croquemitaine. Tous les assassinats impunis de l'an 1890 étaient mis sur son compte, ainsi que quelques disparitions et rapts d'enfants. C'était lui qui avait expédié la malle à Goufé, lui qui ravitaillait la jeûneuse du Puy qui prétendait n'avoir pas mangé depuis six ans, lui qui avait crevé l'aérostat des frères Chaptal alors qu'il atteignait l'altitude de quatre mille trois cents mètres, lui qui avait inspiré les manifestations du 1er mai, lui qui avait failli précipiter par-dessus bord le président Sadi-Carnot lors de sa visite à l'escadre de Toulon, lui qui avait gâté la récolte de pommes à cidre en Normandie et provoqué les pluies qui avaient inondé sept départements du Midi.

Un auteur royaliste prétendait que le déguisement du Diable Vert dissimulait un grand personnage de la République. Il expliquait ainsi son impunité. L'archevêque de Paris était allé exorciser en grande pompe un couvent dont les nonnes voyaient toutes les nuits, sous leurs lits, un diable rose à tête rouge. Une ingénue de la Comédie-Française prétendit avoir subi de lui les derniers outrages, et pendant trois semaines la France entière attendit le bulletin qui lui ferait connaître les suites de ces noces. La date passa. Plus de doute! Le Diable Vert avait engendré! Son épouse s'évanouit en jouant Musset et vomit dans les bras d'un machiniste. Trois gynécologues vinrent l'examiner. C'était le retour d'âge.

Mais Saint-Menoux fut littéralement suffoqué, lorsqu'il vit, sous sa propre signature, dans la *Revue des Mathématiques*, un article intitulé : « De la progression géométrique dans l'hallucination collective et la renommée : le cas du Diable Vert. » C'était le numéro de novembre 1938. Il se souvenait d'avoir publié, dans ce numéro, une étude sur le nombre trois. Il rentra chez lui, consulta sa collection. Il retrouva le Diable Vert. Le « nombre trois » avait disparu. Il lut l'article consacré à l'hallucination collective, le trouva fort bien fait. Il essaya de se rappeler ce qu'il avait écrit sur le nombre trois. Cela devenait très vague dans son esprit. Par contre, il commençait à se souvenir d'avoir rédigé l'étude sur l'hallucination...

Il se secoua, se plongea le visage dans l'eau froide, essaya de démêler les souvenirs anciens des souvenirs nouveaux. Mais les anciens s'étaient évanouis.

Il décida d'aller voir Annette. Son sourire, la tiédeur de ses bras, lui rendraient le calme. Elle était naturelle et simple comme les fleurs. Auprès d'elle, rien ne lui paraissait compliqué, ni difficile. Les apparences embrouillées se dissipaient. Seul demeurait l'essentiel.

Elle lui tendit ses mains ouvertes, et lui dit : « Je vous attendais. »

Elle l'attendait à toute heure de sa vie, sans impatience. Elle se disait : « Je suis sa fiancée. Il va venir. » Elle s'asseyait près de la fenêtre et regardait les arbres derrière lesquels, très loin, quelque part, il vivait.

Il s'accroupit à ses pieds. Ses longues jambes repliées pointaient leurs genoux à gauche et à droite. Il prit dans ses mains sèches les douces mains d'Annette, baisa leurs dix doigts l'un après l'autre, les réunit et y baigna son front. Sa pomme d'Adam monta le long de son cou, et descendit. Il soupira, posa sa tête sur les genoux de la jeune fille. Que cherchait-il à comprendre ? Il était heureux.

Cette conclusion s'imposa à Saint-Menoux : ses interventions dans le passé avaient modifié tout le temps qui séparait ce passé du présent. Le Diable Vert, créé depuis quelques semaines par ses voyages au siècle dernier, avait conquis cinquante ans dans le souvenir du monde.

Le jeune professeur fut passionné par cette découverte. Il résolut de faire une nouvelle expérience. En se soumettant aux lois rigoureuses de la recherche scientifique. Il fit photographier, page par page, à la Bibliothèque Nationale, un ouvrage du chanoine Chamayou de l'Académie française. C'était un travail honnête. L'auteur énumérait toutes les manifestations du Diable Vert dont il avait trouvé au moins quatre personnes pour témoigner et consacrait un chapitre à chacune. Saint-Menoux fit tirer de chaque page deux jeux d'épreuves photographiques, marquées du cachet de la Bibliothèque Nationale. Il en conserva un jeu chez lui. Il sortait de son hôtel pour aller enfermer l'autre dans un des coffres à noëlite de la villa d'Essaillon, quand il se heurta, sur le trottoir, à M. Michelet.

L'architecte le saisit par un bras.

— Ah ! Monsieur Saint-Menoux ! dit-il, comme je suis heureux de vous rencontrer !

Il larmoyait. Son cou flottait dans son faux col sale. Sa barbiche s'effeuillait sur son veston.

— Monsieur Saint-Menoux, reprit-il, excusez-moi de vous demander ce service. Nous sommes le 8, et je n'ai plus un ticket de pain de la quinzaine.

Pouvez-vous me prêter cent ou deux cents grammes ?
Vous comprenez, tout est tellement cher ! Je ne
mange presque que du pain, et je n'en ai jamais
assez.

Il s'essuyait les yeux avec le pouce, reniflait.

— Être ainsi réduit à demander l'aumône !
Croyez-vous que c'est pas lamentable ? Que diraient
mes parents s'ils étaient encore de ce monde ?
Pensez, monsieur Saint-Menoux, qu'ils se sont
mariés à la Madeleine !

Saint-Menoux sortit de son rêve et regarda
l'architecte. Il avait beaucoup maigri, vieilli de
vingt ans. Ses vêtements tombaient autour de lui.
Pitoyable, mais pressé, il lui tendit la moitié de
sa carte de pain et s'en fut. A peine avait-il le dos
tourné que M. Michelet rentrait au bar-bougnat,
et donnait au patron le fruit de sa mendicité.
L'Auvergnat lui achetait ses tickets, au tarif de
cinq cents grammes contre un pernod d'avant
guerre servi dans une tasse à café.

Ce fut certainement le souvenir inconscient de cette rencontre qui détermina la direction du nouveau voyage que Saint-Menoux entreprit ce même jour. Il voulait dévaliser un bijoutier de la rue de la Paix, et voir si ce nouvel exploit se trouverait consigné dans le livre du chanoine Chamayou, et sur les photos de ce livre. Lorsqu'il partit, il pensait au bijoutier, dont il avait vu la boutique lors de ses précédentes explorations. Mais son inconscient l'emmena dans la salle des mariages de la mairie du IIe arrondissement. Il y parvint au moment où le maire, en habit et barbe noire, posait à la mariée la question réglementaire : « Mademoiselle Angélique Martin-Marin, acceptez-vous de prendre pour mari M. Anselme Michelet? »

La jeune fille, très émue, leva la tête sous son voile pour répondre « Oui! » Mais à travers le grillage de tulle, elle aperçut au lieu du maire noir, le Diable Vert. Elle resta bouche ouverte, pétrifiée. L'apparition disait au fiancé : « C'est donc vous, monsieur Michelet? J'ai bien connu votre fils! »

Saint-Menoux trouva la fiancée un peu maigre, mais émouvante dans sa pâleur. Sans s'attarder, il s'en fut à travers les murs.

La bijouterie sur laquelle il avait jeté son dévolu était celle de M. Gaston Roulet, un des plus célèbres experts en pierres précieuses qui fussent au monde. Debout à son comptoir, le joaillier examinait un à un cinq magnifiques diamants que lui proposait un courtier de Prétoria. M. Gaston Roulet approchait de la soixantaine. Ses rares cheveux collés de part et d'autre d'une raie médiane, et sa moustache en crocs s'avéraient d'un noir peu naturel. Il soupira de plaisir. Ce diamant de dix-huit carats était une petite merveille. Il dévissa sa loupe de son orbite, et reposa la pierre.

— Je vais vous prendre le lot, dit-il à l'Africain du Sud.

A ce moment précis, il y eut près des deux hommes un léger remous dans l'air. Une énorme main verte se glissa entre eux deux, opéra sur le plateau un mouvement demi-circulaire, et se referma autour des diamants.

— Le Diable Vert, balbutia M. Roulet.

M. William Dubington arrivait de Londres. Il n'avait jamais entendu parler de ce diable-là. Il ne vit dans le nouveau venu qu'un vulgaire cambrioleur. Commis-voyageur en trésors, il ne se déplaçait jamais sans arme. De son adolescence de débardeur au Cap, il gardait des manières brutales, et le mépris des armes à feu. Il tira de la poche intérieure de son veston un grand couteau tout ouvert, et le plongea dans le ventre de Saint-Menoux. Celui-ci fit un bond en arrière, qui lui évita la mort subite. Mais la pointe du couteau ouvrit son scaphandre de bas en haut sur une longueur de dix centimètres, et lui entama légèrement la chair à la hauteur du nombril.

Il blêmit de peur. C'était la catastrophe. Il ne pouvait employer ni de vibreur ni de bouton de retour avant d'avoir réparé, sous peine de connaître le même sort que son maître infortuné.

Il se précipita vers la porte, dans l'espoir de gagner un coin désert où il eût le loisir de procéder au raccommodage. L'Africain courut derrière lui en hurlant « Au voleur! » dans toutes les langues du monde.

L'apparition, sur l'avenue de l'Opéra, du Diable Vert poursuivi par un énergumène roux qui aboyait comme un dogue, provoqua une sensation. Les cochers fouettèrent leurs chevaux, les femmes retroussèrent leurs jupes jusqu'aux genoux pour s'enfuir plus vite. Tous les roquets de manchons se mirent à japper. Les hommes les plus courageux se joignirent au poursuivant. Les pans de jaquettes volaient au vent. Les gibus roulaient sur les pavés. Saint-Menoux courait vers l'Opéra, cherchait en vain un endroit désert. Alertés par la rumeur, les commerçants, les concierges en calotte ronde, le balai au bras, se pressaient sur leurs portes. Saint-Menoux découvrait avec horreur l'entassement humain de la grande ville. Il n'apercevait pas un mètre carré de solitude possible.

Il commençait à s'essouffler. Derrière lui la meute grossissait. Les enfants et les chiens se joignaient aux hommes. Toute l'avenue hurlait : « C'est le Diable Vert!... Diable Vert!... Diable Vert!... » Un fiacre noir attelé d'un cheval feu stationnait le long du trottoir. Saint-Menoux sauta sur le marchepied, fit « houh!... » au cocher qui tomba évanoui d'épouvante de l'autre côté du siège, empoigna le fouet et sortit le cheval de son sommeil à grands coups de manche. La bête prit le galop. Dans un fracas de ferraille et de bois grinçant, le fiacre bondit. Deux, cinq, dix voitures se lancèrent à sa poursuite. Saint-Menoux savait conduire une automobile mais non un cheval. La bête tourna à son idée au coin de la place de l'Opéra, et se rua vers la Madeleine. Rue Royale, les poursuivants étaient cinquante. Dans un bruit d'ouragan, les calèches, les landaus, les breaks, les coupés, les cabriolets, les phaétons, luttaient de vitesse, s'accrochaient, se culbutaient, montaient sur les trottoirs, aplatissaient les poubelles, arrachaient les becs de gaz, pulvérisaient les devantures, écrasaient les petits enfants.

Une victoria entra tout entière dans une pâtisserie. Le cheval éventré sema ses tripes sur les tartelettes.

En queue de peloton, venait un char à bancs, chargé d'une noce pleine de vin. La mariée rouge brandissait son bouquet et hurlait entre deux hoquets « A mort ! »

La voiture de Saint-Menoux prit le virage sur une roue et se lança dans la rue de Rivoli. La masse de ses poursuivants tournoya un instant place de la Concorde. L'Africain, à califourchon sur une rosse qui ne traînait plus que deux brancards arrachés, reprit le premier la poursuite, à la tête d'une tornade de pattes galopantes, de croupes fumantes, de roues bondissantes, de caisses craquantes, de fers claquant, de bois éclatant, de fouets mitraillant, de cris de haine et d'agonie. Derrière la voiture de queue, la chaussée déserte était semée de mille débris, de chevaux raides, les pattes en l'air, et de femmes horizontales, qui montraient les dentelles de leurs jupons.

Le cheval de Saint-Menoux voulut tourner place des Pyramides. Emporté par son élan, il alla s'assommer contre le pilier d'une arcade. Les roues du fiacre roulèrent chacune de leur côté. M. William Dubington trouva son voleur inanimé au milieu des débris. Son premier soin fut de fouiller dans ses musettes. Il récupéra ses diamants et s'en fut. L'affaire ne l'intéressait plus.

L'angoisse réveilla Saint-Menoux plus vite que ne l'eussent fait les meilleurs soins. Il se retrouva sur la couche d'une cellule. Afin de lui passer plus efficacement la camisole de force, on l'avait dépouillé de son scaphandre.

Lorsqu'il partait pour les autres temps, Pierre fixait à peu près la durée de son absence. Annette se rendait au laboratoire bien avant le moment de son retour. Elle connaissait mieux que lui le principe et le fonctionnement de l'appareil. Mais cette science, au lieu de lui dessécher l'esprit, le gardait au contraire accessible au merveilleux. Quand son fiancé apparaissait tout à coup à ses yeux, elle éprouvait chaque fois la même surprise bienheureuse.

Peut-être plus encore que l'instant de son retour, savourait-elle ceux qui le précédaient. Seule dans la pièce vide, debout devant l'endroit précis où il allait revenir, les mains l'une dans l'autre serrées pour les empêcher de trembler d'émoi, elle regardait le vide, écoutait le silence, essayait de saisir le bruit lointain du voyageur approchant à travers les années. Elle n'entendait que les frémissements et les sourds tumultes de sa propre vie. Et tout à coup, surgi du néant, il était là, si grand et maigre, tors, voûté, tout de vert vêtu. Il ôtait ses yeux de caméléon, souriait, lui tendait les bras. Elle s'abandonnait sur lui, noyée de bonheur.

Ce jour-là, elle attendit en vain. Au bout d'une heure, les yeux creusés, crispée d'impatience, elle croyait déjà aux pires malheurs. Elle attendit tout le soir et toute la nuit. Catherine ne put l'arracher à sa veille. Catherine, la nièce de Philomène, pour obéir au dernier vœu de sa tante, avait quitté sa ferme normande et son amoureux. Elle comprenait bien la peine de sa maîtresse.

C'était une solide blonde de vingt-cinq ans, avec un plein corsage de tétons, et des yeux bleus ronds. Pour avoir porté l'un après l'autre, sur son bras droit, tout en vaquant aux soins du ménage et de la basse-cour, onze petits frères et sœurs, elle restait inclinée vers la gauche et marchait un peu de travers. Elle passa la nuit avec Annette. Assise dans un fauteuil, elle s'endormait, ronflait. Annette allait et venait, se mordait les poings d'angoisse, secouait la servante pour lui demander d'écouter avec elle...

A l'aube, elle sombra dans une crise de désespoir. Elle ne voulut pas quitter le laboratoire. Catherine dut lui dresser un lit de camp dans un coin. Elle lui fit boire une infusion de pavot qui réussit à peine à l'assoupir pendant deux heures.

A son réveil, une idée lui rendit la vie. Elle sauta du lit, courut à l'armoire de fer où se trouvait enfermé le scaphandre déchiré de son père. Elle travailla du ciseau et de l'aiguille, le réduisit à sa taille, le trempa dans un bain frais de noëlite, n'attendit même pas qu'il fût entièrement sec pour le revêtir. Puisqu'un accident ou un malheur empêchait Pierre de revenir auprès d'elle, c'était elle qui irait le rejoindre. Elle garnit les musettes d'armes, de vivres, de médicaments, de bandes gommées de tissu à la noëlite.

Il avait besoin de secours : « Je viens, mon amour ! N'aie plus peur, n'aie plus mal, je suis là, j'arrive ! », lui criait-elle à travers le temps. Elle précipita ses derniers préparatifs, boucla la ceinture, embrassa

Catherine tremblante, et, au moment de régler les curseurs, se mit à pleurer. Elle savait que Pierre était parti pour l'an 1890. Mais il ne lui avait dit ni le mois, ni le jour, ni l'heure. A moins d'un hasard incroyable, elle ne le rejoindrait jamais.

Les agents de la force publique avaient trouvé, dans les poches du Diable Vert, des objets étonnants. D'abord un livret militaire attestant qu'il était né en 1910 et qu'il avait fait campagne contre l'Allemagne en 1939! Une lettre qui portait des timbres de l'*État français*, à l'effigie d'un vieillard inconnu. Des feuilles de papier de couleur, divisées en petits carrés numérotés et sur lesquelles étaient imprimés les mots « Pain », « Pommes de terre », « Viandes », et cette étrange locution : « Matières diverses. » Enfin, un journal daté du 11 juillet 1943! Composé d'une seule feuille, il était presque entièrement consacré aux péripéties d'une guerre livrée par l'Allemagne à la Russie. Une photographie, reproduite par un procédé perfectionné, représentait deux monstrueux engins, des sortes de bastions d'acier mobiles, hérissés de canons, qui partaient à l'attaque.

Le juge d'instruction, M. Vigne, frémit en regardant cette image. « Une nation, se dit-il, qui posséderait une douzaine de pareilles machines, serait la maîtresse du monde! » Il tourna la page. Une autre photographie représentait deux hommes dans un appareil volant aux ailes étendues. A côté, un article de quatre lignes annonçait que les Parisiens allaient toucher une livre de rutabagas contre le ticket DZ. « *Paris-Soir*, se demanda M. Vigne. Drôle de titre! Ce procédé d'illustration est curieux. On dirait des photographies. Millions de morts..., bombardements des villes..., vingt-cinq navires envoyés par le fond dans l'océan Glacial... les Japonais aux portes de l'Australie..., gouvernement de Vichy..., un litre de vin par semaine. Assurément c'est un fou. Un génie peut-être, mais un fou. Un délirant. »

Avant de conclure à son internement, il voulut l'interroger une fois. Par curiosité, plus que par nécessité. Sa conviction était faite. M. Vigne, fonctionnaire honnête, allait atteindre cinquante ans. Il possédait ce tempérament arthritique qui donne un front osseux, des cheveux blondasses, fins et tôt partis sur les tempes, et des dents éclatantes sous une moustache maigre. Il fit asseoir Saint-Menoux entre quatre gardes et commença l'interrogatoire d'identité.

Pierre était accablé par l'imbécillité de son aventure. Il se trouvait prisonnier du passé, enchaîné par des ombres! Les quatre brutes qui le surveillaient avec des mines de chiens têtus n'étaient plus depuis longtemps que souvenir et pourriture! Et lui, le savant au corps subtil, se trouvait stupidement arrêté dans son voyage par ces fantômes retardataires. Il sentait peser sur lui tout le poids de leur ignorance, de leur incrédulité, toute l'invraisemblance de sa situation. S'il disait la vérité, personne n'ajouterait foi à son récit. S'il inventait des mensonges, il ne ferait qu'aggraver son cas devant cette justice périmée.

Il écouta à peine les premières questions du magistrat, finit par préciser qu'il ne répondrait qu'en présence de deux membres de l'Académie des Sciences.

— Mon cas ne relève pas de la justice, dit-il, mais

de la physique et de la chimie. D'ailleurs mes papiers sont sur votre bureau. Vous voyez bien que je ne suis pas votre contemporain! Un demi-siècle nous sépare...

— Bien sûr, bien sûr!... fit le juge d'une voix douce. Nous le savons! Ne vous énervez pas! Pouvez-vous me dire quelle idée baroque vous poussait à revêtir pour vos cambriolages le costume vert que voici?

Saint-Menoux, le cœur battant, vit le magistrat se lever, sortir d'un placard mural un paquet qu'il déficela. Il reconnut, à mesure que M. Vigne les étalait, sur son bureau, la combinaison, les gants, les bottes, les musettes, l'écouteur, les lunettes miraculeusement intactes, le sac tyrolien, enfin la ceinture et l'appareil que le juge posa sur le tout, et qui semblait n'avoir subi aucun dommage.

Un espoir fou se leva dans le cœur du jeune professeur. Ses mains enchaînées tremblaient sur ses genoux lorsqu'il répondit :

— Je..., je ne pourrai vous l'expliquer que par une démonstration directe. Il faudrait, pour cela, que vous me permettiez de l'endosser, pendant quelques minutes.

M. Vigne secoua la tête.

— Pour que vous nous jouiez quelqu'un de vos tours, n'est-ce pas? Remarquez que je ne crois pas un mot de vos prétendues disparitions. Ce sont des racontars de foules excitées. Mais je vous tiens pour un très habile malfaiteur et je ne veux pas vous procurer l'occasion de nous montrer vos talents. Donnez-moi, d'abord, une explication. Je verrai, ensuite, si la démonstration est nécessaire.

— Eh bien!... voilà!... dit Saint-Menoux.

Il avala sa salive, donna la première explication qui lui vint à l'esprit.

— C'est un vêtement à l'épreuve des balles.

— Ah! vraiment! ricana M. Vigne, à l'épreuve des balles? et des coups de couteau aussi, peut-être?

— C'est-à-dire que... gémit Saint-Menoux, décontenancé.

— C'est-à-dire que vous essayez de me mentir, cria M. Vigne, en abattant sur le bureau son poing sec. Je vous demande la vérité. Pas des histoires. Et que signifient cet appareil et ces boutons, et ces réglettes? Vous allez peut-être me raconter que c'est un moulin à café? D'ailleurs je vais bien voir moi-même...

Il allongea sa main droite vers l'appareil. Saint-Menoux se leva en criant :

— Non! Non! Ne touchez pas...

Les quatre agents se précipitèrent sur lui en même temps. Il retomba sur sa chaise, aplati. Une patte poilue lui fermait la bouche. Les yeux exorbités, il vit l'index du juge d'instruction promener un instant son ongle jaune au-dessus des trois boutons, hésiter, choisir, et appuyer d'un coup sec sur celui du milieu.

— Oh! fit M. Vigne.

— Oh! firent les quatre agents.

Saint-Menoux sombra dans l'inconscience.

Sur le bureau, il ne restait plus rien de la dépouille du Diable Vert.

Annette venait de vivre son quatrième jour de veille désemparée. Elle mangeait à peine. Enfermée dans le laboratoire, elle épiait l'invisible. Elle essayait d'entendre les remous du silence, de voir les souffles de l'air, de deviner, dans le vide de la pièce, la forme transparente de son bien-aimé. Elle se disait qu'il était peut-être là, séparé d'elle par un rien de temps, par un millième de seconde, plus infranchissable qu'un mur de forteresse. Elle se levait parfois de sa chaise, cherchait de ses mains tremblantes un fantôme.

La fatigue parvenait à l'abattre. Elle s'endormait quelques minutes, et se réveillait en sursaut, persuadée que sa faiblesse passagère lui avait fait manquer l'occasion de rejoindre ou de sauver Pierre. Les remords s'ajoutaient à son angoisse.

Elle venait, une fois de plus, de se laisser tomber dans un trou de sommeil, quand un bruit léger la réveilla. Les yeux brouillés, elle aperçut, sur le sol entre deux tables de marbre nu, à l'endroit même où Pierre aurait dû réapparaître, un paquet sombre. Elle se précipita. Elle avait reconnu le scaphandre et ses accessoires. Elle les pressa sur son cœur en pleurant. Elle appela :

— Catherine! Catherine! Mais viens donc!

— Tu vois..., tu vois..., dit-elle à la servante accourue.

Elle tendait vers elle, en sanglotant, dans ses deux bras, la dépouille verte. Elles déplièrent avec précaution les pièces du vêtement, les étendirent sur le marbre, et quand Annette aperçut la déchirure du ventre, ses mains se crispèrent.

— Vingt dieux! V'la ben du sang, dit Catherine en montrant une tache.

Annette gémit, caressa l'étoffe coupée, de ses mains sur lesquelles tombaient les larmes.

— Mon Pierrot, mon chéri, mon petit, où es-tu? Tu as mal, dis mon Pierrot, mon amour?...

Soudain, elle se redressa, illuminée.

— Mon Dieu! dit-elle, comment n'y ai-je pas pensé tout de suite?

Elle prit l'appareil revenu avec le scaphandre. Le fait même qu'il était revenu prouvait qu'il fonctionnait. Et la position des curseurs sur les réglettes lui disait, très exactement, en quel endroit du temps se trouvait Saint-Menoux.

Le poids de la mort s'enlevait de sa poitrine. Maintenant elle allait pouvoir le rejoindre, et elle le sauverait. Elle colla une bande de tissu sur l'accroc de la combinaison, garnit les musettes de tout ce qui lui semblait nécessaire à son expédition, revêtit son scaphandre et mit l'autre dans son sac, régla son propre appareil sur celui de Saint-Menoux.

En moins de dix minutes, elle se trouva prête à partir.

M. Vigne croyait ce qu'il voyait. Il fut bien obligé de croire au miracle. Il s'efforça de tirer des explications de son prisonnier, à qui de vigoureuses claques policières avaient redonné la conscience.

Mais Saint-Menoux ne prêtait plus attention à ce qui l'entourait. Son seul espoir de rejoindre un jour son siècle venait de s'évanouir. Peu lui importait maintenant ce qu'on allait faire de lui.

Le juge avait quitté son bureau. Il se promenait de long en large devant son prisonnier. Il était rouge de confusion. Il se sentait à la fois honteux de son ignorance devant ce phénomène surnaturel, et vexé de ne pouvoir le nier. Il s'arrêtait brusquement, se penchait vers son prisonnier, et lui posait des questions dont il ne pouvait, en lui-même, nier la stupidité. Ce qui le faisait rougir davantage.

Saint-Menoux ne lui répondait rien, ne le regardait même pas. Il était écrasé de désespoir. Ce siècle qui lui avait paru si plein de charmes lorsqu'il s'y promenait avant de regagner le sien, lui semblait maintenant aussi étranger, aussi féroce, aussi arriéré, que l'âge des cavernes. Et, de plus, grotesque, avec toutes ses moustaches et ses barbes en ramasse-miettes.

L'époque brutale dont il se trouvait maintenant à jamais séparé était la seule digne d'être vécue par des hommes à l'esprit mûr. C'était une époque sérieuse. On n'y perdait pas son temps. On ne s'y amusait pas.

Et puis elle contenait Annette... Saint-Menoux fut soudain submergé par sa peine. Des larmes coulèrent sur ses joues. M. Vigne fronça les sourcils.

Pierre ne reverrait plus jamais, jamais, sa douce fiancée. Il ferma les yeux, évoqua les cheveux frais comme une source, la pureté de son regard, si bouleversant de confiance et de don de soi. Son cœur, enfla, lui emplit toute la poitrine. Il gémit :

— Annie, Annette, mon petit...

— Pierrot, mon chéri, je suis là, répondit-elle.

Saint-Menoux bondit sur ses pieds.

— Oh! firent les quatre agents!

— Oh! fit M. Vigne, un complice! saisissez-le!...

— Je ne te quitte plus, dit Annette, doucement.

Les quatre agents se précipitèrent. Leurs ongles s'enfoncèrent dans leurs paumes, leurs crânes baissés se heurtèrent les uns aux autres...

Le panier à salade qui ramena le Diable Vert du Palais de Justice à la prison emmenait aussi une jeune fille transparente qui ne pensa pas une seconde à regarder le spectacle, nouveau pour elle, de ce Paris démodé, parce que rien, dans le passé, ni le présent ni l'avenir du monde, ne lui paraissait aussi beau que le visage de son bien-aimé.

Une heure après, elle assommait, de toute la force de son amour, le gardien qu'on avait enfermé dans la cellule du prisonnier, par mesure de précaution, et s'envolait avec Saint-Menoux à travers les murs de l'espace et du temps.

— Dépêchez-vous donc de venir manger! cria la voix de Catherine. Vous savez-t'y-pas que le couvre-feu l'est à huit heures, ce soir?

Le couvre-feu! Saint-Menoux se mit à rire. Ce mot lui paraissait magnifique! Ah! c'était bien un mot de 1943; il voulut manger, ce soir-là, du pain noir, et refusa le beurre pour ses nouilles. Ah! la belle époque, les belles restrictions!

Il serra sur son cœur, à la briser, sa petite Annette. Il se jura de ne plus se mettre dans une situation telle qu'il courût le risque de ne plus la revoir. Puis il prit sa course vers le métro, sourit aux grincheux qui lui comprimaient le ventre, arriva à son hôtel, tout suant, à huit heures moins deux. Dans sa chambre, le souvenir de son apparition à la mairie du IIe arrondissement lui revint à l'esprit. « Tiens, je vais dire à ce brave Michelet que sa mère était bien belle en mariée! » Il frappa à la porte de son voisin.

— Entrez! cria une voix de femme.

Surpris, il poussa le battant. Il vit un lit défait, une table encombrée de linge sale et de chiffons sur lesquels dormait en rond un chat. Assise sur une chaise basse, une vieille aux cheveux jaunes le regardait. Ses pieds trempaient dans une bassine.

— Oh! excusez-moi! dit-il, je me suis trompé de porte!

— Y a pas de mal, monsieur Saint-Menoux! c'est moi qui m'excuse de vous recevoir comme ça! Mais vous savez bien, c'est pour mes cors qui me font tant souffrir le soir! Toute la fatigue me retombe sur les pieds.

Le jeune professeur referma la porte. Elle portait le n° 22. Il ne s'était pas trompé. Michelet avait dû changer de chambre pendant son absence, à moins que Mme Blanet se fût décidée à le renvoyer. Il descendit l'escalier en chantonnant, passa la tête dans la loge.

— Bonsoir, madame Blanet! J'espère que vous allez bien! Encore en train de faire la lessive?

— Ah! mon pauvre monsieur, c'est pas drôle de laver les draps de vingt cochons de locataires, avec cette cochonnerie de savon en poudre. Ils appellent ça du savon! Moi j'appelle ça de la cochonnerie!

— Vous avez bien raison, mais...

— Y a pas de mais! Et tous les locataires en profitent pour salir plus que jamais. On dirait qu'ils ramassent bien de la crasse, toute la journée, pour pouvoir se l'essuyer le soir dans mes draps! Y en a même un qui se mouche dedans! Je finirai par vous les enlever, les draps! Vous pourrez toujours acheter un sac à charbon, pour vous coucher!

— Je reconnais que ce n'est pas drôle, acquiesça Saint-Menoux. Mais dites-moi, qu'est-ce que vous avez fait de M. Michelet. Il n'est plus au 22...

— Quel M. Michelet?

— M. Michelet, pardi! Il n'y en a qu'un dans votre hôtel. L'architecte, le vieux fou...

— Le fou, je crois bien que c'est vous, dit Mme Blanet, en haussant les épaules. Je m'en doutais que ça vous arriverait un jour, avec tous vos chiffres. Y a jamais eu de M. Michelet dans mon hôtel. Au 22, ça fait six ans que c'est Mlle Brigitte qui y habite. Vous le savez bien. Y a assez longtemps que vous êtes son voisin! Celle-là, entre parenthèses, il faudra qu'elle se décide à me débarrasser de son chat. Il pisse partout, c'est une infection. Et quand on n'a pas de quoi nourrir les gens, je vous demande un peu si c'est le moment d'avoir des bêtes...

Saint-Menoux, rêveur, remonta dans sa chambre. En ouvrant la porte du 22, il avait eu l'impression de se trouver devant un décor nouveau, et s'était étonné de s'entendre appeler « Monsieur Saint-Menoux » par une inconnue. Quelle idée de ne l'avoir pas reconnue! C'était Brigitte, la vieille ouvrière en couture. Il ne connaissait qu'elle! Il l'avait toujours vue au 22, c'était pourtant vrai.

Mais alors, M. Michelet?

Quel M. Michelet?

Il se prit le front dans les mains, essaya de retenir entre ses doigts crispés les images qui s'enfuyaient. Il se revit sur le trottoir, partageant sa carte de pain. Il tira son portefeuille. Sa carte de pain était entière, à peine écornée. Quand il la tint dans ses doigts, il ne se rappela plus du tout pourquoi il avait éprouvé le besoin de l'examiner. Il hocha la tête, prononça deux ou trois fois « Michelet! Michelet!... » Ce nom ne lui rappelait plus rien qu'un ennui scolaire.

— Décidément, ma dernière aventure m'a troublé l'esprit! murmura-t-il.

Il s'assit à sa table, repoussa les papiers et les livres qui l'encombraient, et se mit en devoir d'examiner les photos du livre du chanoine Chamayou, qu'il avait extraites, avant dîner, du coffre à la noëlite.

Il y trouva deux nouveaux chapitres. Le premier racontait l' « attaque » de la bijouterie, la « conduite courageuse du valeureux insulaire », la « poursuite dramatique dans les rues de Paris », l' « arrestation du bandit », son évasion « grâce à de ténébreuses complicités », le scandale, la commission d'enquête, l'inculpation du gardien, du gardien-chef, du préfet de police, du juge d'instruction, le suicide de ce dernier, la démission du Garde des Sceaux, la crise ministérielle...

L'autre chapitre, plus court, relatait l'apparition du Diable Vert à la mairie du IIe arrondissement et précisait que Mlle Martin-Marin, la fiancée, avait eu si peur qu'elle était tombée gravement malade. Le mariage n'avait pu être célébré ni ce jour-là ni plus tard, car la malheureuse, qui semblait avoir un peu perdu la raison, sombrait dans une crise d'épouvante chaque fois qu'elle revoyait son ancien futur mari. Elle identifiait celui-ci avec le Diable Vert, et confondait désormais la possession du mariage avec celle du démon.

Le chanoine ajoutait quelques commentaires pieux, et deux phrases de compassion pour la jeune fille et son fiancé, M. Michelet.

Michelet !

En un éclair, les souvenirs jaillirent dans l'esprit de Saint-Menoux. Il revit le petit architecte barbu...

Il se leva brusquement. Sa chaise tomba. Il venait de comprendre !

— Bien sûr ! Il n'existe plus, il n'a jamais existé, puisque ses parents ne se sont pas mariés !

Il se rassit, tremblant d'excitation devant cet événement extraordinaire. Il dessina en hâte sur une feuille blanche le portrait approximatif du disparu, et nota tout ce qu'il se rappelait de lui.

Il se reportait de temps en temps au récit du chanoine pour y retrouver un nouvel élan. Il dut cependant s'arrêter. Il ne savait plus s'il se souvenait ou s'il inventait.

Il avait écrit « chalet ». C'était l'image la plus

vive qui restât en sa mémoire. Il se rappelait parfaitement la maison tarabiscotée. Elle avait dû disparaître, comme son auteur. Il se demanda quel autre édifice avait bien pu pousser à sa place. Il se leva, fut à la fenêtre, constata avec étonnement que l'étrange bâtisse était toujours là. Sur le ciel bleu foncé, piqué d'étoiles, il voyait se découper la silhouette noire de ses clochetons et de son toit biscornu. C'était illogique. Il résolut d'aller l'examiner de près dès le lendemain.

Il passa une nuit agitée, se réveilla plusieurs fois, tâta ses objets familiers, son réveil, ses pantoufles, pour s'assurer qu'il était bien de retour, solide, dans son temps normal.

Quand il ouvrit sa fenêtre, ses yeux encore brouillés de sommeil s'emplirent de l'image du chat de mosaïque et de toute la ménagerie grotesque qui sommait, de l'autre côté du métro, les cheminées de la maison Michelet. Il fit en hâte sa toilette, traversa le boulevard, et lut avec stupéfaction, sur la pierre teintée de rose par un beau soleil matinal ces mots gravés : « Alexandre Jaretier, architecte. »

Ainsi le même bâtiment avait trouvé, pour le construire, un autre architecte! Le jeune professeur, la tête basse, les mains au dos, s'en allait à pas lents vers le métro Glacière. Il s'arrêtait pour mieux réfléchir, repartait, parlait tout seul.

Était-il donc nécessaire à la marche du monde que cette affreuse bâtisse existât, en cet endroit précis? Notre petit système solaire est invisible dans l'infini. Notre terre est une de ses plus minuscules planètes. Paris, sur la Terre? Une imperceptible verrue. Une maison de plus ou de moins dans Paris, quelle importance pour l'univers?

Pourtant, l'homme qui devait la bâtir, juste entre ces tas de charbon et ce garde-meubles, et l'orner de façon si burlesque, cet homme n'étant pas né, un autre s'était présenté, pour accomplir exactement la même tâche.

Alors, si Louis XIII n'avait pas eu d'enfant, son successeur eût été quand même le Roi-Soleil? Et si Eiffel eût succombé en bas âge à une attaque de croup ou de scarlatine, Paris n'en posséderait pas moins sa tour Tartempion?

Saint-Menoux se rendit compte que les événements modifiés par ses propres interventions au siècle dernier étaient d'ordre purement humain, et qu'il n'avait rien changé au visage du monde ni au déroulement de l'histoire.

Il se sentait humilié dans son orgueil d'homme. N'était-il vraiment, et ses frères humains n'étaient-ils que grains de charbon dans le foyer de la chaudière? Leurs vies brûlent. Chaque âme, chaque cœur ajoute à la flamme commune. Et la turbine tourne comme elle doit tourner...

Le destin de chaque individu était peut-être susceptible de modifications, mais celui de l'humanité demeurait inexorable. La masse des hommes ne pouvait éviter les catastrophes qui l'attendaient aux tournants des siècles.

Alors le dessein d'Essaillon de travailler au bonheur de tous s'avérait absolument vain. A force de bonté, de patience et d'amour, il est sans doute possible de sortir un homme, une femme, du marais d'ennui et de souffrance dans lequel nous pataugeons tous. Mais rien, personne, ne peut empêcher la multitude de se ruer vers sa fatalité. La noëlite est une invention pour rien, à moins qu'elle n'ait son rôle à jouer dans la genèse des malheurs futurs de l'humanité.

Mais pourquoi celle-ci doit-elle traverser tant de

guerres, tant de révolutions, se baigner dans un tel océan de haine, de douleur et de sang?

Telles étaient les questions que se posait Saint-Menoux tandis que le métro l'emportait vers la villa Racine. Et le nom de Dieu résonnait en lui avec un bruit d'airain.

— Marions-nous! proposa Annette. Pourquoi attendre encore? J'ai eu si peur de te perdre... Elle était debout, ses mains dorées accrochées aux manches de la veste de Pierre, à la hauteur des biceps. Elle levait la tête vers lui, et lui s'émerveillait de la pureté de ses yeux.

Pour se regarder, les hommes ne soulèvent que leurs paupières de chair. Des portes de verre dur demeurent fermées entre eux. Quelques êtres sans calculs, lorsqu'ils regardent ceux qu'ils aiment, ouvrent cette porte de leurs yeux. Et leur regard est alors une route sans mensonge, jusqu'à leur âme chaude. Annette regardait Pierre avec ses yeux nus. Et Pierre en était bouleversé. Il ne comprenait pas comment il avait pu inspirer un tel amour. Il était presque effrayé du don si simple et si entier qu'il lisait dans l'eau claire de ces prunelles. Il n'était pas sûr d'être vraiment assez fort, assez solide, pour mériter une semblable confiance. Il aimait Annette, mais son sentiment lui paraissait mesuré à côté de celui dont il était l'objet. Il eût peut-être préféré un amour plus retenu.

Il se plongeait alors dans ces yeux ouverts, s'exaltait à leur flamme, gonflait sa maigre poitrine, et pendant quelques secondes forçait son cœur à l'unisson. Mais cela ne durait guère. Il redevenait lui-même. Il en éprouvait de la honte. Car il était honnête dans ses sentiments autant que dans sa raison. Son état ne correspondait pas à celui de la jeune fille, et lui paraissait faux comme une équation dont les deux termes, de chaque côté du signe *égale*, ne se balancent pas.

Annette ne se livrait à aucune comparaison. Elle n'imaginait pas qu'il pût exister des intensités et des qualités différentes d'amour. Elle aimait Pierre. Pierre l'aimait. Cela lui paraissait simple.

Elle lui avait demandé de s'installer de nouveau à la villa. Elle se moquait des convenances. Pierre était plus bourgeois. Mais il étouffa ses scrupules et reprit la chambre qu'il occupait du vivant d'Essaillon. Il déménagea sans se faire aider. Il craignait trop pour ses trésors. Il éprouva les plus grandes peines à charger ses trois malles sur la voiture à bras du bougnat. Il entassa ses livres en vrac à même les planches de la carriole, jeta par-dessus le tout ses quelques vêtements, poussa, geignit, démarra. Mᵐᵉ Blanet lui fit un grand geste d'adieu avec son balai, et, de sa manche, s'essuya les yeux. Il lui avait offert en souvenir des boucles d'oreilles avec des perles en forme de larmes, et une épingle à chapeau en lapis-lazuli.

Les brancards tremblaient, sautaient dans les mains frêles de Saint-Menoux. Vingt fois, il manqua de chavirer, et faillit se faire écraser par le seul autobus qui circulait encore à l'intérieur de Paris. L'énorme engin avec son furoncle à gaz sur le dos s'arrêta à un pas de lui, dans un hurlement de freins.

— En voilà un enflé! cria le conducteur.

Pierre si maigre n'eut pas le courage de sourire à s'entendre ainsi qualifier. Il s'essuya le front, repartit, arriva enfin, exténué.

Mais il ne semblait pas, depuis son installation

auprès d'Annette, entièrement heureux. La jeune fille le trouvait parfois assis devant une table, la tête dans les mains, le visage crispé par quelque pensée obsédante. Quand elle lui parlait, il lui arrivait de ne pas répondre. Elle levait alors la tête, et le voyait, le front tourmenté, suivre un rêve de ses yeux perdus. Elle passait doucement sa main dans le champ de son regard. Il reprenait terre, rougissait, s'excusait.

En deux semaines, il trouva le moyen de maigrir encore, de se voûter davantage. Sa peau se tendit sur l'os de son nez.

Annette, inquiète, voulut connaître le sujet de son souci. Il répondit en souriant qu'il n'avait rien, et continua de traîner sa rêverie dans la maison et le jardin.

Elle le surprit deux fois, dans le laboratoire, occupé à fouiller les placards de fer. Mais elle gardait sur elle la clef de celui qui renfermait les scaphandres. Elle ne voulait plus voir son bonheur lui échapper.

Elle fixa la date du mariage, hâta les formalités. Pierre, bousculé, sembla retrouver son bonheur. Annette devenait rose, chaque matin, à la pensée qu'un jour de moins la séparait du moment où elle serait sa femme. Elle allongeait le temps de sa toilette. Elle eût voulu adoucir encore le grain de sa peau. Elle se regardait et se trouvait belle. Elle caressait ses seins et ses hanches, éclatait de rire, heureuse pour lui du don qu'elle allait lui faire, envoyait des baisers à travers la cloison, éclaboussait l'eau du bain partout.

Quand approcha le jour du mariage, Pierre redevint sombre. Il avait cru que le bonheur de posséder enfin Annette toute à lui chasserait ses idées insensées. Mais elles restaient maîtresses de sa tête. Il roulait depuis des semaines un monde de pensées si étranges, échafaudait un projet si extraordinaire, que les joies du cœur et des sens paraissaient en comparaison futiles, sans importance.

Une semaine avant la date fixée, il n'y tint plus, et se décida à parler.

C'était le soir, dans le jardin. A l'hiver clément avait succédé un printemps précoce. Le ciel était rose entre les feuilles transparentes. Annette était assise dans le grand fauteuil d'osier, et Pierre sur l'herbe, à ses pieds. Au loin s'entendaient les bruits de la ville, le ronflement d'un camion isolé, la cavalcade des roues ferrées d'un fiacre sur les pavés. Dans les branches, un oiseau endormi parfois s'ébrouait. Un autre poussait un petit cri de rêve et de bien-être.

Pierre posa sa tête sur les genoux d'Annette, et Annette ses mains dans les cheveux de Pierre.

— Pierre, mon Pierre, dit-elle doucement, je suis heureuse...

Il ne bougea pas. Il ne répondit pas tout de suite. Il était heureux aussi. Quelle folie allait encore l'entraîner loin de cette paix? Ce fut presque malgré lui qu'il parla.

— Annie-Annette, dit-il d'une voix très basse, douce comme le crépuscule, vous savez combien je vous aime. Vous êtes toute ma vie. Vous êtes pour moi les fleurs du monde, toute la lumière et tout le bleu du ciel, et les chansons, et l'herbe fraîche qui pousse, et la rosée du matin. Mon amour, le jour qui approche et qui me donnera vous, tout abandonnée, dans mes bras, me brûle à l'avance d'une joie de soleil. Lorsque je pense au doux moment où vous m'appartiendrez, mon cœur devient brasier, et mon sang est de l'or en feu. Je voudrais vivre déjà cette heure merveilleuse, qui lèvera tout ce qui nous sépare encore, et fera de nous un seul être, à tout jamais.

« Et pourtant... »

Annette, la tête renversée sur le dossier du fauteuil, les yeux clos, sentait fondre son corps, s'endormir tous ses sens dans la douceur des phrases d'amour. Ses cheveux répandus sur l'osier commençaient à se mêler à la nuit...

Les deux derniers mots l'éveillèrent comme une douche. Elle se redressa.

— Et pourtant ? demanda-t-elle, d'une voix glacée.

Saint-Menoux prit tout son courage.

— Et pourtant, ma chérie, je sens que je ne serai jamais complètement heureux si je laisse sans réponse en mon esprit certaine question qui le torture. Vous savez quelle mission votre père et moi nous étions fixée. Votre père a abandonné. Son état physique, l'invasion de son organisme par les tissus adipeux, l'étouffement de son cœur, l'empoisonnement de son sang, furent sans doute les facteurs essentiels de son découragement. Pour ma part, je voulais continuer, essayer encore après un long temps de repos et de réflexion, de trouver dans le cours des siècles les causes des grands malheurs des hommes...

Il s'était levé. Annette le voyait à peine dans la nuit épaissie. Sa tête se perdait dans les feuilles des plus basses branches. Il reprit d'une voix sourde :

— Vous m'auriez aidé, de votre amour et de votre science. Mais une de mes observations récentes pose tragiquement la question du destin des hommes. Si les conclusions qu'elle m'a inspirées sont justes, il faut renoncer à toute action, et se

blottir dans la main de Dieu, en se recommandant
à sa clémence.

Annette frissonna. L'humidité de la nuit pénétrait ses vêtements et posait des mains froides sur
sa peau. Elle ramena ses longs cheveux sur son
cou et sa poitrine. Son cœur était noir comme la
nuit. Elle savait maintenant que Pierre allait repartir...

— Il faut, dit la voix qui tombait des feuillages,
il faut que je vérifie cette observation. Je dois
faire une dernière expérience. Si elle donne les
résultats que je suppose, alors, je reviendrai près
de vous pour toujours, je brûlerai le scaphandre,
je ne penserai plus au bonheur des autres, mais
au vôtre seul, mon amour...

Annette se leva à son tour et vint se poser contre
la poitrine de Pierre. Elle entendit battre à grands
coups puissants la machine de son cœur, et gron-
der sourdement l'écho de sa voix.

— Il faut que vous me donniez la clef du placard
de fer. Il faut que vous m'aidiez à préparer ma
prochaine, ma dernière expédition. Je ne peux
pas me dérober aux obligations de ma pensée.
Aidez-moi à remplir mon devoir, et le jour merveilleux qui approche sera alors pour nous une
récompense, un sommet, un bonheur pur comme
le diamant.

Annette soupira :

— Pierre, je vous aiderai...

Dès le lendemain matin, ils se mirent au travail.
Pour éviter le retour d'un accident semblable
à celui qui avait failli le séparer d'Annette, Saint-
Menoux voulait porter, l'un sur l'autre, trois scaphandres. Les deux femmes veillèrent quatre nuits

pour les tailler et les coudre. Pierre fit tremper dans la noëlite tous ses sous-vêtements : chemise, caleçon, chaussettes. Il n'avait pas voulu dire à sa fiancée en quoi consistait sa mission. Il craignait qu'elle discutât, qu'elle lui demandât de remettre son voyage. Tout fut prêt le vendredi soir.

Le moment du départ venu, Annette aida son fiancé à se harnacher. Elle se mordait les lèvres pour ne pas éclater en sanglots.

Pierre prit dans ses mains le petit visage bouleversé.

— Ma chérie, dit-il doucement, il ne faut avoir ni chagrin ni crainte. Je serai de retour avant demain matin dix heures. Et je ne risque rien. Vous savez que j'ai pris toutes mes précautions...

— Oui! fit Annette, de la tête.

Elle n'osait ouvrir la bouche, de peur que sa peine n'éclatât. Elle était plus triste qu'inquiète. Triste de voir qu'à la veille de ce grand jour il pouvait penser à autre chose qu'à elle. Triste de lire dans ses yeux une telle exaltation qui n'eût point pour cause son amour. Triste qu'il gardât pour elle un secret...

Il vérifia le contenu de ses musettes, tendit à la jeune fille un papier, et disparut en posant un baiser sur ses lèvres.

Elle voulut lire son message, mais quand elle baissa les prunelles, ses larmes débordèrent. Elle fit un gros effort, se moucha, essuya ses yeux et lut ces notes :

« Je pars pour Toulon, 12 juillet 1793, trois heures du matin zéro minute, zéro seconde, heure solaire. »

— Hue! charogne! bourrique! hue! fi de chèvre! hue donc!

Les timons gémissaient, les traits grinçaient, les fers des chevaux sonnaient sur les cailloux du chemin. Les lourdes roues dansaient autour de leurs essieux. Sur le ciel de cette nuit d'été, la file de voitures se découpait en ombres chinoises. Saint-Menoux, couché dans le fossé, respira avec émotion l'odeur du convoi militaire, odeur de cuir, de crottin, de sueurs d'homme et de cheval mélangées.

Un moment, il crut être revenu en 1940. Il reconnaissait les silhouettes des mêmes fourgons, des mêmes voitures qui étaient entrés en Belgique le 10 mai. Il crut entendre la voix de Crédent jurer le tonnerre de Dieu.

Il se rappela avec mélancolie les mois pénibles vécus parmi ses camarades, la belle fraternité qui unissait les hommes de toutes les classes et l'égoïsme sans hypocrisie qui les opposait quand c'était nécessaire.

Il soupira, appuya sur le vibreur. Ce n'était pas le moment de rêver.

Il traversa le convoi. Une lourde charrette chargée de barils avait versé sur le côté du chemin. Une roue horizontale tournait en l'air doucement. Le cheval abattu, écrasé par les brancards, essayait de se relever, se débattait dans le noir. Un tonneau avait brisé les jambes d'un soldat qui hurlait. Une grappe d'hommes déchargeaient la voiture, s'affairaient autour de la bête, à la lueur d'un falot.

— Coupez-y ses traits, bon Dieu! Ote-toi de là, andouille, qu'y va te filer un coup de sabot!

La lumière jaune du falot éclairait des uniformes étranges, le visage tanné d'un vieux dur à cuire moustachu, coiffé d'un bonnet à deux pointes, qui commandait la manœuvre. Une flaque de vin luisait sur le sol.

Saint-Menoux passa, traversa des véhicules et des bêtes qui tiraient à plein collier, parvint en tête du convoi, où une troupe de fantassins rythmait sa marche en chantant *L'Abricot de la cantinière*.

Les conversations entendues avaient appris au voyageur que le convoi portait des munitions et des vivres au poste le plus avancé du camp des assiégeants, un village conquis la veille, au sommet d'une colline qui dominait la rade.

Saint-Menoux devança le convoi. La nuit s'achevait, et le jeune professeur commençait à pouvoir regarder autour de lui. Des soldats dormaient en plein air, dans les fossés, sur de la paille ou des herbes sèches. Certains s'étaient juchés dans les oliviers. D'un tonneau défoncé, calé par de grosses pierres, sortaient deux pieds enveloppés de chiffons, et un ronflement. Autour d'un feu, quelques ombres étendues grondaient et soufflaient leur sommeil.

Saint-Menoux parvint au village. Dans le petit jour, les premières maisons dressaient dans le ciel leurs murs noircis qui fumaient encore. Une sentinelle, un grenadier aux favoris gris, guêtré jusqu'aux cuisses, le fusil sur l'épaule, se promenait en travers du chemin.

Dans un coin de la grand-place, les cuisiniers suspendaient un chaudron de cuivre au timon d'un char, allumaient un feu sous le chaudron. Le plus jeune, un noiraud, à quatre pattes, soufflait sur les branchettes qui crépitaient. Il s'était fait tresser les cheveux comme un vieux soldat, et sa cadenette raide lui dansait dans le cou.

— Bouffe! Bouffe [1]! criait pour l'encourager un grand diable crasseux, vêtu d'une veste ronde en tissu rouge et d'une culotte noire percée aux genoux. Jamais tu boufferas tant que les habitants de Saint-Bandolfe ont bouffé au cul de l'âne!

Il jetait dans le chaudron des légumes, des herbes, des pommes de terre. Il était coiffé d'un bonnet à gland, si sale que sa couleur première ne pouvait être devinée. Il toussa et cracha un bon coup pour se nettoyer la voix.

Autour du village, les grillons se turent. Un couple de merles nichés dans un platane accueillit l'aube d'une gerbe de sifflets. Un cheval hennit, réveilla toute l'écurie qui s'ébroua. Une chauve-souris traversa la place en zigzag, se hâta vers sa demeure dans les ruines du vieux château. Un ramier gonflé d'amour roula son chant dans sa gorge ronde. A chaque minute des voix nouvelles s'ajoutaient au concert des oiseaux. Un feu de peloton crépita, tout proche.

— Tè! dit le grand cuisinier, en s'essuyant le nez d'un revers de poignet, c'est ces salauds qu'on fusille!

— Quels salauds? demanda son aide, qui parlait pointu.

— Ma foi, je sais guère! Quelques habitants du village qu'on a arrêtés hier après la bataille. Il faut bien faire l'exemple...

1. *Bouffa* : souffler, en provençal.

— Dame!... Où c'est que t'as fourré l'lard?

On entendit un rire de femme, nerveux, qui monta et se tut brusquement.

— Y en a qui perdent pas leur temps!... Le lard? Il est dans le baril derrière toi. Non, pas çui-là, c'est la morue. Tu trouverais pas ton nez au milieu de ta figure!...

De toutes les portes sortaient maintenant des soldats qui s'étiraient, bâillaient, venaient rôder autour du feu des cuisiniers. Il en arrivait de tous âges, des jeunes à qui la moustache n'avait pas encore poussé, et des vieux à poils blancs. Certains portaient l'uniforme, habit bleu, gilet blanc et culotte blanche. Mais la plupart n'en possédaient qu'une partie, complétée par des vêtements civils, sales, déchirés, ornés de nombreuses pièces. Ils étaient coiffés de bonnets informes, de chiffons noués, et chaussés de souliers percés, de sabots ou de rien du tout. Va-nu-pieds et haillonneux paraissaient aussi joyeux que ceux qui jouissaient par chance d'un habit neuf ou de belles bottes anglaises prises à l'ennemi.

Un volontaire que sa culotte blanche abandonnait de toutes parts étendit sur le sol un rideau de fenêtre en gros tissu vert, quitta ses braies, les coucha sur le lainage, et entreprit de se couper avec son coutelas une nouvelle paire de chausses.

Le convoi s'annonçait au loin par le chant de *Madame Veto*, poussé à pleine gorge par le détachement qui le précédait. C'était une compagnie d'Allobroges vêtus de vert, avec la petite veste et le casque de carton à queue de cheval.

On entendit quelques coups de feu assez proches. Un tambour, dans le village, battit le rappel. Dans la campagne, d'autres lui répondirent. En un clin d'œil le désordre cessa. Les soldats se regroupèrent autour de leurs officiers. Des sous-officiers gueulaient. Des dragons bleus et rouges, montés sur des chevaux de labour traversèrent le village à galop pesant. Des détachements d'infanterie suivirent, le fusil à la main.

— Ce sont les assiégés qui font une sortie, dit le grand cuistot. Jules les a vus du bout du village. Il y en a des jaunes et des rouges. Des espagnols et des Angliches. Chauffe ta soupe...

Saint-Menoux, invisible, suivait les soldats qui se dirigeaient vers la bataille. A la sortie du village, la colline commençait à descendre vers un vallon où brillait une petite rivière. De l'autre côté, une pente caillouteuse montait vers une redoute dont la terre fraîchement remuée faisait une tache ocre sur le gris du paysage. A droite s'étendait la mer, rutilante des premiers feux du soleil. Pierre aperçut à quelques kilomètres toute une flotte à l'ancre dans un port : la rade de Toulon.

Les assiégés avaient déjà franchi la rivière et se déployaient au bas de la colline quand les soldats de la Convention les rejoignirent en hurlant : « Vive la République! » Une mêlée furieuse s'engagea, tourbillonna, plongea dans les deux pieds d'eau du courant, remonta l'autre pente. Le rouge, le jaune, le bleu, le vert, le blanc des uniformes se mélangeaient, se regroupaient, se dispersaient de nouveau, s'émiettaient, se coagulaient, sous le léger voile de fumée de poudre que le petit mistral du matin roulait et emportait à la mer. L'engagement semblait tourner très vite à l'avantage des Français. Les habits rouges remontèrent les premiers vers la redoute. Les jaunes suivirent. Les dragons les poussaient à grands coups de sabre. Mais les cavaliers durent s'arrêter devant la fusillade partie du fort.

Saint-Menoux, passionné par le spectacle, oubliait le but de son voyage. Il sursauta tout à coup si violemment qu'il fut projeté vers le ciel, dépassa le plus haut platane. Le tonnerre venait d'éclater derrière lui : l'artillerie tirait sur les fuyards. Pierre volait parmi les oiseaux effrayés et les projectiles qui ronflaient à ses oreilles. La voix des pièces était plus éclatante et moins brutale que celle des canons modernes. Elles étaient au nombre de huit, installées au sommet de la colline, à la sortie du village.

Pierre traversa un nuage de fumée noire, descendit doucement vers la batterie. Il devait trouver là l'homme qu'il cherchait...

Les artilleurs s'affairaient avec ordre, bourraient la charge de poudre, roulaient le boulet dans la gueule du canon, pointaient la pièce, approchaient le boutefeu...

Un petit homme à la voix sèche les commandait. Saint-Menoux le reconnut. Le lieutenant d'artillerie était vêtu d'un habit bleu à parements noirs, et de pantalons blancs, assez larges, boutonnés sur les deux côtés, de la hanche à la cheville. Un tricorne un peu luisant d'usure coiffait sa tête maigre, la corne du milieu posée sur l'oreille droite, et les deux autres enserrées chacune d'un ruban noir qui flottait au vent.

Le voyageur s'approcha, regarda l'homme avec une curiosité passionnée. Le glorieux soleil du matin cernait d'or son profil. Il jetait des phrases brèves, se grattait de temps en temps les poignets, l'aine, les aisselles, puis croisait de nouveau ses mains derrière son dos. Ses cheveux plats lui tombaient dans le cou, cachaient ses oreilles. Saint-Menoux le trouva vraiment petit, jaunâtre.

« Il manque vraiment d'allure », pensa-t-il.

Il poussa un grand soupir, et se prépara à l'action. Il était venu pour tuer Bonaparte.

Napoléon a ployé l'Europe sous sa botte. Les nations portent encore les traces de ses pas. Il n'a pas été entraîné par les hommes, mais s'est imposé à eux. Son génie personnel a conduit toute son aventure. S'il succombe au début de sa carrière, si une balle perdue le tue au siège de Toulon, que deviendra l'Histoire?

Saint-Menoux se pose cette question depuis des semaines. Il a voulu la résoudre avant de se consacrer au bonheur d'Annette.

Si, Bonaparte tué, un autre empereur des Français surgit de l'armée ou du peuple et livre les mêmes guerres, ce sera la preuve que les hommes ne sont point libres, mais qu'une fatalité effrayante les conduit sur une route de sang tracée de toute éternité, et qu'il est vain de tenter de les en détourner. Le sage, alors, s'écartera de la vie active, laissera les ignorants s'agiter, savourera dans un lieu écarté les petites joies quotidiennes.

Pierre sourit tendrement à l'image d'Annette. Il se construira avec sa jeune femme un petit paradis, dans un coin choisi de l'espace et du temps, en un lieu, en une époque bien abrités des révolutions et des frimas. Ils y vivront des années, des siècles, des éternités. Ils n'auront rien d'autre à faire qu'à s'aimer. Rien d'autre à faire?... Enfin il verra bien!...

Maintenant il va se livrer à cette dernière expérience. Ce soir, il sera renseigné sur le destin des hommes. Ce soir, il sera le mari d'Annette. Petite Annette! Douce de chair, de cœur. Ce soir...

Les cris des combattants, le fracas des explosions, la lumière rouge du soleil levant sur les nuages et sur la mer, la conscience de l'énormité de son geste exaltent Saint-Menoux. Les bras étendus, il plane, tourne, autour du petit homme campé dans la fumée. Ses mains subtiles se promènent sur le visage, sur le dos du futur maître de l'Europe. Il cherche l'endroit où il va frapper.

Les rubans noirs du tricorne, les cheveux noirs de Bonaparte flottent au vent du matin. Ses yeux clairs regardent au loin les boulets ravager les rangs de l'ennemi. Sans doute rêve-t-il déjà de prendre la ville. Victoires, conquêtes, pouvoir... Le doigt invisible de la mort le touche à l'épaule.

Pour agir, Saint-Menoux va cesser pendant quelques secondes de se tenir hors du temps. Ce sera bref. Il décide de se camper derrière l'homme, d'apparaître, tirer, disparaître.

Une violente explosion secoue la terre. Une gerbe de poussière noie la batterie. Des éclats ronflent et sifflent. Des cailloux crépitent dans les feuilles des platanes. Un bras arraché traverse en tourbillonnant Saint-Menoux. Les mortiers de la redoute viennent de riposter. La poussière retombe. Une bombe a déchiqueté deux canonniers. Bonaparte n'a pas bougé. Il crie des ordres. Les artilleurs qui hésitaient reprennent leurs postes, pointent les pièces sur le fort.

Pierre ne veut courir aucun risque. Il opérera à l'abri. Cette fascine, à quatre pas de sa victime, fera l'affaire. Il se pose derrière, comme un flocon, s'allonge, se colle au sol. C'est parfait. Maintenant il va modifier le destin du monde. Une grande émotion l'étreint. Il se force à respirer lentement. Il attend que son cœur se calme, que ses mains ne tremblent plus. Il se raisonne. Tout cela est aussi simple qu'un problème de géométrie. Le calme lui revient. Allons-y. Il arrête le vibreur. L'odeur de la poudre lui saute au nez. Les canons broient l'air. Une bombe s'annonce en ronflant. Elle tombe. Il tire. Rafale. Un artilleur s'est jeté entre la bombe et Bonaparte. Elle n'a pas éclaté. L'homme a reçu quatre balles. Deux autres ont chanté à ses oreilles. Il chancelle. Bonaparte n'a pas bougé. Feu des huit pièces. Le sol tremble. Saint-Menoux n'a plus de balle dans son arme. La fumée l'étouffe. Le poids du destin l'écrase. C'est raté. Il retourne à l'invisible.

Pourquoi n'a-t-il pas apporté un autre chargeur ? Il ne savait pas qu'un doigt crispé fait tirer un browning comme une mitrailleuse. Il ne s'est jamais servi d'une arme à feu, même pendant la guerre. Il n'est ni un guerrier ni un assassin. Seulement un savant, un théoricien. Tout est à recommencer. Il se sent découragé, affreusement las. Il n'a pas bougé de place. L'artillerie continue de tonner. Il flotte derrière sa fascine comme un bouchon sur l'eau dormante. Son exaltation l'a quitté d'un seul coup, en même temps que les balles jaillissaient du canon d'acier bruni. Une lourde tristesse, inexplicable, la remplace. Peut-être la fatigue...

Le dévouement du soldat ne l'a pas surpris. Il sait que l'amour fanatique de ses hommes a fait bénéficier plusieurs fois le petit Corse de semblables sacrifices, notamment au pont d'Arcole et au siège d'Acre. Mais ici, il semble que Dieu lui-même ait poussé le canonnier devant l'arme qui allait brouiller le cours de l'Histoire. Dieu ne veut pas que soit changée la face du monde.

Bonaparte montre du doigt l'homme écroulé à ses pieds. Deux canonniers dont la pièce a sauté le soulèvent doucement, l'emportent à l'abri. Le petit lieutenant gratte son poignet gauche. Le feu continue...

Saint-Menoux étend les bras, glisse au ras du sol, s'approche du blessé allongé à l'abri du tronc d'un platane. Comme il est grand et maigre! Pierre penche son visage invisible sur ce visage pâle.

Les yeux sont clos, le nez fin pincé. Des traces de doigts noirs maculent les joues et le front. Les cheveux blonds, raides de sueur et de poussière, pendent dans l'herbe. Une tendre moustache fleurit d'or pâle la lèvre supérieure. L'homme doit avoir dix-huit ans. A vingt ans il n'eût peut-être plus été capable d'un tel élan d'amour. Il bouge un bras, gémit, sans ouvrir les yeux. Ses camarades déchirent son uniforme, pansent son épaule et sa cuisse avec des lambeaux de chemise.

— C'est des petits éclats, dit l'un d'eux. Il s'en tirera peut-être.

La mort hurlante jaillit des canons. Au-dessus de la colline roule un nuage de fumée. Le blessé et les deux valides se ressemblent. Ils ont le même âge, les mêmes cheveux blonds. Ils viennent peut-être du même village. Le plus petit des trois, le plus rouge, frotte l'une contre l'autre, rudement, ses mains de paysan. Il regarde son camarade étendu :

— Pauvre Durdat. Il aura pas été long à écoper!

Les mots quittent sa bouche, ajoutent à la tempête de bruit leur minuscule vibration, traversent des oreilles de fumée.

— Durdat! remarque Pierre. C'était le nom de ma mère...

232

Les deux hommes retournent au combat. Le petit courtaud a marché, pour s'en aller, à travers le voyageur. Celui-ci ému, se redresse, s'assied dans le tronc de l'arbre, sa tête penchée sur la tête du blessé, grand, maigre et blond comme lui. Si ces cheveux étaient coupés et cette ombre de moustache rasée, il lui ressemblerait comme un frère...

Le remords serre le cœur de Saint-Menoux. Il voudrait guérir le malheureux, panser ses blessures, lui demander pardon, embrasser son visage si semblable au sien. Et tout à coup une angoisse affreuse s'empare de lui. Il vient de se rappeler ce que lui racontait sa mère quand il étudiait les guerres de la Révolution et de l'Empire.

« Le grand-père de ton grand-père, lui disait-elle, a fait toutes ces guerres, sans une blessure. Il a commencé comme simple canonnier. A Waterloo, il était capitaine. Il avait plus de quarante ans quand il s'est marié.

« L'empereur a parlé de lui dans ses mémoires, ajouta-t-elle avec fierté. Il l'appelait « mon fidèle " Joachim ". Ils étaient deux frères. L'autre a été tué en Russie. »

Les canons se sont tus. Le vent emporte la fumée en longues écharpes. Là-bas, le fort rouge se dégage d'un nuage gris. Les blessés et les morts fleurissent la vallée de taches de couleurs vives. Un cheval démonté galope, s'arrête court, rue, hennit, s'approche au petit trot de la rivière, et boit longuement. Une cigale hésitante scie l'air d'un cri d'essai, renouvelle, accélère son chant. Les blessés gémissent. Un d'eux, tout près, jure sans arrêt, d'une voix qui gargouille.

Saint-Menoux tremble de tout son corps. Ses dents claquent. Cet homme qu'il vient d'abattre, il n'en doute plus, c'est un des frères Durdat. C'est peut-être son propre ancêtre...

Elles sont maintenant mille cigales qui crissent de joie sur les écorces ensoleillées.

— Ça sent bon la mer! dit un soldat qui passe.

Saint-Menoux s'est agenouillé près du blessé. Comment savoir? Une ombre surgit, coupe en deux le corps étendu. Le voyageur lève la tête. Bonaparte est là, debout. Il regarde l'adolescent qui lui a sauvé la vie. Sans dire un mot, impassible, il fait signe qu'on l'emporte. On l'étend sur un brancard. Une goutte de sang tombe à travers Saint-Menoux, englue un brin d'herbe.

Catherine a dressé la table de noce. Deux couverts sur une nappe de dentelle. Des verres de cristal qui chantent quand on les effleure. Une gerbe de lilas blanc. Une petite table. Deux chaises de paille dorée. Et voici la porte de la chambre rose et blanche.

La jeune servante a fermé les volets, éclairé les lampes; elle pense que bientôt elle aussi, elle se mariera. Le garçon l'attend en Normandie. Avant de se quitter, ils se sont accordés. C'était une nuit tiède, sous un pommier. Le garçon est grand et fort. Elle a senti le tronc de l'arbre monter jusqu'au ciel, et toutes les étoiles couler dans sa chair. Elle serre ses bras sur sa poitrine. Elle est rouge. Elle hausse les épaules, court à son fourneau...

Pierre et Annette se sont mariés dans le XIIIe arrondissement. Le curé les a bénis dans l'intimité de la sacristie. A la mairie, ils ont pris leurs témoins dans la queue des bons de chaussures. Saint-Menoux les a remerciés avec des paquets de cigarettes. Avant de rentrer, Annette a voulu connaître sa chambre de jeune homme.

Mme Blanet les a reçus avec émotion.

— Ah! Monsieur Saint-Menoux, vous avez trouvé une bien jolie femme! Bien gentille! Je vous félicite! Si mon pauvre Gaston était encore là...

Elle s'est essuyé les yeux. Ils ont dû boire l'apéritif qu'elle leur a servi en reniflant, du vrai porto de chez Potin. La dernière bouteille...

Ils sont montés tous les trois jusqu'à l'étage.

— Excusez-moi, je passe devant, a dit Mme Blanet. Je vais vous ouvrir la porte. M. Garnier n'est pas chez lui à cette heure, forcément! Il travaille à Billancourt. C'est le nouveau locataire de votre chambre. Vous excuserez s'il y a du désordre. C'est pas qu'il soit sale, mais quand même je n'ai pas gagné au change quand vous êtes parti. Entrez donc. Quel vieux cochon, quand même! Madame, je vous demande pardon. Ils me font déparler. Ils sont tous pareils. Ils laissent tout traîner...

Pierre ni Annette ne l'écoutent. Annette regarde avec une grande tendresse la pièce étroite, grise, le lit de fer, la table de bois blanc, la descente de lit effilochée, les doubles-rideaux sans couleur. Elle dégage doucement son bras de celui de son mari. Elle traverse la chambre à pas recueillis, elle ouvre la fenêtre, regarde l'univers qu'il regardait chaque jour.

Il la rejoint, pose ses mains sur les douces épaules. Il ne regarde qu'elle.

— Quelle étrange maison! dit-elle à voix basse.

Il lève les yeux. Dans le ciel du soir dont la lumière s'attendrit, le toit biscornu, les clochetons grotesques, les bêtes ricaneuses du pavillon de M. Michelet dessinent leurs silhouettes insensées.

— Minou! Minou! viens ma chatonne! Viens ma guenuchette!... appelle dans la chambre voisine la voix de Mlle Brigitte.

Saint-Menoux serre brusquement contre lui Annette, sa femme, la soulève, l'emporte, sort de la chambre, fuit, descend l'escalier en trombe. Est-ce Mme Blanet qui s'exclame? N'est-ce pas M. Michelet? N'est-ce pas le fantôme crasseux, grinçant, de l'architecte, qui le poursuit, saute derrière lui les marches?

Enfin voici le boulevard, les passants, le ciel léger et le vélo-taxi qui attend...

Les deux hommes en chandail appuient sur les pédales, courbent leurs dos comme deux arcs tendus. Annette, blottie contre Pierre, n'a pas rouvert les yeux. Lui n'a pas rouvert ses bras fermés autour d'elle.

Il avait suivi le brancard qui emportait le blessé jusqu'à la grande salle du vieux château. Ils étaient une centaine étendus sur la paille, à pleurer et à crier. La chaleur commençait d'entrer, et s'ajoutait à la fièvre. Un homme vêtu de couleurs éclatantes, coiffé d'un grand chapeau bouillonnant de plumes, est entré, a dit quelques mots d'encouragement aux premiers blessés. Il est ressorti bien vite, chassé par l'odeur infecte de sang corrompu, de sueur de pieds sales, et des excréments que laissent couler les corps des mourants. Il a fait trois pas dehors, puis il a vomi dans l'herbe. Le chirurgien lui jette au passage un bonjour moqueur. C'est un gros gaillard rouge, vêtu d'une culotte de drap noir un peu verdi, et d'une chemise blanche aux manches retroussées. Il porte ses instruments dans un sac de serge noire. Il est entré au château d'un pas volontaire. Il a examiné les blessés l'un après l'autre, désigné ceux qu'il allait soigner aussitôt. Arrivé devant Durdat, il a dit : « Deux petits éclats dans la cuisse, un dans le bras, il s'en tirera ! Je m'occuperai de lui ce soir. Il y en a de plus urgents. »

Pierre, penché près de lui dans l'air trouble, l'écoutait avec angoisse. Ses paroles l'ont rassuré. Il a attendu encore, rôdé, essayé en vain de connaître le prénom de Durdat. Celui-ci, les lèvres serrées, respirait à petits coups. Il n'avait pas repris connaissance.

Pierre a dû partir. Il avait dit à Annette : « Je serai de retour demain matin à dix heures. » Il est rentré. La jeune fille l'attendait. Quand il est apparu, elle a ouvert ses mains jointes, et ses yeux se sont emplis de larmes de bonheur. Il a semblé à Saint-Menoux qu'il sortait d'un cauchemar. Il se sent si vivant, solide ! Il a tâté son corps, posé ses mains sur les tables de marbre froid, caressé les cheveux de sa fiancée. Il a quitté les scaphandres superposés, il s'est baigné, il a mangé. Il est là, près de celle qu'il aime. Que risque-t-il ? Tout cela est un rêve absurde. Même si l'homme qu'il a blessé est son ancêtre, le chirurgien n'a-t-il pas affirmé qu'il s'en tirerait ? Et puis ce n'est peut-être que le frère du grand-père de son grand-père...

Saint-Menoux se rassure. Il regarde Annette. Il lui sourit. Il est là, bien vivant, près de celle qu'il aime. De ses craintes, il ne lui reste qu'un remords. Il se promet de retourner demain, exactement à la même minute, près du convoi. Il fera le même chemin, traversera le camp, parviendra au village, trouvera la batterie tonnante, et le petit lieutenant aux rubans noirs, et le grand canonnier à la moustache de collégien. Alors, au lieu de tirer, il jettera dans les broussailles son revolver chargé. Le canonnier ne sera pas blessé, et Bonaparte suivra son destin. Tant pis pour l'histoire, tant pis pour la science. Pourquoi cet absurde besoin de savoir ? Et si les hommes veulent être heureux, qu'ils se chargent eux-mêmes de leur bonheur ! Lui, il tient le sien blotti contre lui, dans le vélo-taxi qui saute sur les pavés de la villa Racine. Le fantôme de M. Michelet en est pour ses ricanements. Le sort de Pierre n'a rien de commun avec celui du petit vieux. Même quand il vivait, celui-ci n'était qu'une larve. Il avait à peine besoin de disparaître pour ne plus exister. Il faut oublier ces aventures. Être tout à la joie. Les noces sont commencées, et la journée s'achève...

La journée s'achève. Deux hommes apportent le blessé nu sur la table couverte d'un drap sanglant. Le chirurgien harassé s'étonne de voir l'homme si pâle. Deux éclats dans la cuisse. Un dans l'épaule. Les yeux clos. Comme il a le ventre dur! Il l'examine de plus près, fronce les sourcils. Il fait signe qu'on le retourne, s'essuie le front de son avant-bras poilu. Voilà! Bien sûr! Près des reins, un petit trou violet. Il se redresse, fait le geste de balayer :

— Pas la peine. Il est foutu. Il a un éclat dans la tripe. Il passera pas la nuit. Au suivant...

La nuit vient. Le blessé blond râle sur la paille. Ses mains grattent la litière. Les blessés vieux et jeunes gémissent ou pleurent. Il fait chaud dans la grande salle qui s'obscurcit. Il fait chaud dans la chambre de la villa, dans la chambre rose et blanche.

Pierre ouvre la porte. Son cœur bat très fort. Il lui fait presque mal. Est-ce seulement d'émotion? Annette l'attend dans le grand lit tiède. Annette de si douce chair, sa bien-aimée, sa femme.

Elle l'attend. Autour de la maison, le vent qui apporte la nuit gémit dans les arbres. Un moteur ronfle au fond du ciel. La porte s'ouvre. Le voilà...

Elle a éteint toutes les lampes. Pierre, son Pierre, le voilà! Comme il a froid, comme son corps est glacé! Elle lui ouvre ses bras, elle s'ouvre à lui tout entière. Son cœur vole, vole, dans le bonheur, dans le soleil. Pierre, son mari! Dieu qu'il est léger dans le lit, léger sur elle! Comme une fumée, comme une ombre! Elle le sent à peine. Il lui semble qu'elle rêve.

Un sergent entre dans la grande salle noire. Il tient à la main une lampe à huile. Une sphère de lumière jaune s'arrondit autour de sa mèche. Il la promène au-dessus des blessés. Un soldat l'accompagne, qui consulte une liste. De temps en temps, ils s'arrêtent devant un corps silencieux. Les voici près du canonnier blond. Ses doigts se sont détendus, et ses yeux enfin ouverts regardent les ténèbres.

L'homme à la liste se penche, fait signe au sergent de baisser sa lampe, lit un nom écrit au charbon sur le mur, le cherche sur son papier, mouille son crayon à sa bouche et trace, à côté de « DURDAT JOACHIM », une croix.

Une heure de la nuit sonne au clocher de Tremplin-le-Haut. Dans son lit blanc, son lit de vierge, Annette s'éveille brusquement. Qui l'a appelée?

Quelqu'un a besoin de secours. Dans la rue, quelqu'un a crié, quelqu'un a poussé un cri atroce. Une voix qu'elle a reconnue l'a appelée par son nom, avec un désespoir indicible. Et puis la voix s'est perdue dans la nuit, dans la mort. Elle saute de son lit. En tremblant, elle allume une lampe. Elle a reconnu la voix, mais le nom qui emplit son cœur ne peut pas venir jusqu'à ses lèvres. Elle ne le sait plus, et pourtant, elle le connaît. Elle prend la lampe dans sa main. Elle sort de sa chambre. Sa longue chemise frôle le carreau rouge du vestibule. Ses longs cheveux noirs roulent sur ses épaules. Elle passe devant une porte cernée de lumière. Son père, dans son lit, travaille encore. Une fois de plus, il va poursuivre jusqu'à l'aube ses recherches impossibles. Rien, ni la guerre, ni l'invasion, ni les soucis des années d'armistice, rien ne l'a distrait de son travail inutile. Pauvre cher père obstiné...

Elle arrive à la porte d'entrée. Elle est maintenant bien éveillée. Elle sent déjà moins l'angoisse venue du fond noir du sommeil. Elle lève la lampe au-dessus de sa tête. Elle ouvre. La lampe dessine sur les pavés un carré de lumière. Très haut, dans les étoiles, un moteur ronronne. La lune éclaire la rue vide. Un petit tourbillon de vent monte les trois marches et jette sur ses pieds nus une feuille morte.

Paris, 1942-1943.

FIN

To be *and* not to be

Vous avez lu le mot « FIN » il y a quelques secondes. Voilà quinze ans que je l'ai écrit. Et pourtant...

Pourtant, pour Pierre Saint-Menoux il ne saurait y avoir de fin.

Réfléchissez : il a tué son ancêtre avant que celui-ci ait eu le temps de prendre femme et d'avoir des enfants. Donc il disparaît, c'est entendu. Il n'existe pas, il n'a jamais existé. Il n'y a jamais eu de Pierre Saint-Menoux.

Bon...

Mais si Saint-Menoux n'existe pas, s'il n'a jamais existé, *il n'a pas pu tuer son ancêtre!*...

Donc son ancêtre a poursuivi normalement son destin, s'est marié, a eu des enfants, qui ont eu des enfants, qui ont eu des enfants...

Et un jour Pierre Saint-Menoux est né, a vécu, a grandi, a rencontré Essaillon, a exploré l'an 100 000, a voulu tuer Bonaparte... et a tué son ancêtre...

Bon...

Il a tué son ancêtre?

Donc il n'existe pas.

Donc il n'a pas tué son ancêtre.

Donc il existe.

Donc il a tué son ancêtre.

Donc il n'existe pas...

Arrêtez-vous! Arrachez-vous au vertige, réfléchissez!

Non, ce n'est pas un tourbillon de vie et de mort, une succession instantanée et infinie de deux destins contraires. Non, ce n'est pas alternativement que Saint-Menoux existe et qu'il n'existe pas. *C'est en même temps*. Ses deux destins, ou plutôt son destin et son non-destin sont simultanés. A partir de l'instant où son ancêtre frappé par lui est mort, Saint-Menoux n'existe pas et existe à la fois, car n'existant pas il n'a pas pu tuer, et, de ce fait, il existe et tue.

Être ou ne pas être? se demandait Hamlet. Être *et* ne pas être, réplique Saint-Menoux.

Ce n'est sans effarement ni sans remords que je considère l'aventure effrayante où j'ai précipité ce grand garçon pâle. Il a vécu en moi pendant de longs mois plus intimement qu'un fœtus avec sa mère. Je l'ai mis au monde dans la douleur et des milliers de gens l'ont vu vivre et agir. Vous-mêmes vous le connaissez bien. Vous savez ses sentiments, ses ambitions, ses timidités, ses remords. Vous pourriez dessiner son portrait presque en fermant les yeux. Il est votre ami. Il est mon enfant. Et voilà qu'il nous a quittés pour aller... Pour aller où? Pour *ne pas* aller où?... Pour devenir et ne pas devenir quoi?

Je ne sais que vous dire. Il m'est impossible d'imaginer son état. Pour notre esprit humain, limité, infirme, seul le « ou » d'Hamlet est préhensible. C'est déjà, hélas, bien assez d'angoisse. Le « et » de Saint-Menoux nous fait perdre l'équilibre. Nous sommes à l'extrême bord de notre univers rationnel. Un pas de plus, un mot de plus, et c'est le commencement des abîmes, la logique de l'absurde, et l'évidence démontrée de la possibilité de l'impossible.

C'est là qu'est Saint-Menoux. Et c'est là qu'il n'est pas. En même temps vivant et non-vivant, noir et blanc sur la même face, lourd et léger du même poids, parti avant d'être venu...

Aucune métaphore ne peut nous aider. Sa qualité d'être nous est inconnaissable. Seuls pourraient peut-être s'en faire une très vague idée les grands physiciens de notre temps, spécialistes des particules constituantes de l'atome. Car tout ce qu'ils savent de ces particules, tout ce que leur a appris d'elles l'irréfutable logique mathématique, c'est qu'à chaque instant elles ne sont ni quelque part ni ailleurs — ni ici, ni là, ni autre part — ni nulle part ni partout...

Et pourtant ce sont ces particules improbables tournant autour du néant qui constituent le papier de ce livre et votre main qui le tient et votre œil qui le regarde et votre cerveau qui s'inquiète... Inquiétantes, effrayantes, vagabondes particules de votre corps... Elles ne sont jamais à leur place et pourtant jamais ailleurs. Il n'y a rien entre elles, et là où elles sont, il n'y a rien.

Alors, vous qu'êtes-vous?

Être *et* ne pas être, voilà la question. A moins que ce ne soit une réponse...

R. B.
Mars 1958.

DU MÊME AUTEUR